U0153461

「愛的魔術師
喚醒你心中的
危險妖獸！」

一本讀懂谷崎潤一郎

新潮文庫——編著　江裕真——譯

文豪ナビ

「我說妳呀，明明身體這麼美，
怎麼一直以來都藏著呢？」
「人家要是看到太過美麗的事物
就會感動得流下淚來。」

——〈卍〉

要是喜歡的人逼迫你一起尋死，你會怎麼做？

越是遭到禁止，情感就越是燃燒。
茶不思飯不想，鬼迷心竅。
這種經驗，你不曾有過嗎？
風險越大，難度越高，
就越會挑起無謂的熱情嗎？
〈卍〉一書也許可以測量
潛藏在你內心「對禁忌的渴望度」！

你曾經受到危險人物的吸引嗎？
你曾經實際感受過女人的「魔性」嗎？
你是否能體會愛上同性的心情？

這樣的你，建議閱讀這本書——

〈卍〉

讓你遇見另一個自己、心跳加速的小說

〈卍〉故事簡介 ➡ **P26**
名家共鳴（桐野夏生）➡ **P126**
名家共鳴（本上まなみ）➡ **P140**
作品詳細解說 ➡ **P196**

主角是美女，故事很妖艷。影像化下的谷崎世界，帶有一種特別的歡愉感。

妳是我的寶貝。
妳是我一手發掘、一手雕琢的鑽石。
所以，只要能夠讓妳成為美女，
什麼東西我都買給妳唷。
要我將薪水全都交給妳也可以。

——〈痴人之愛〉

這種心情最適合閱讀的谷崎潤一郎作品②

跟這個人在一起會完蛋，明知如此，卻還是無法離開。這樣的戀愛是幸福？抑或是不幸？

戀愛的心理是很不可思議的東西。
只要其中一方前進，另一方就會後退，
若是轉身離開對方，對方卻反而追過來糾纏。
這種欲拒還迎，也是一種戀愛。
一丁點的不安全感，反而加深你的執著。
但這樣沒關係嗎？對方已經看透了你的心哦。
走進〈痴人之愛〉的世界，把它當成教訓也罷，
都是一門開啟你眼界的戀愛課。

你曾經沉溺於什麼，直到失去自我的地步嗎？
你曾覺得自己是某種戀物癖嗎？
你不曾想過一窺異常的世界嗎？

這樣的你，建議閱讀這本書——

〈痴人之愛〉

最希望改編成流行電視劇的青春苦戀小說

戀足癖的谷崎所描繪的主人翁娜歐蜜，也有一雙美腿。以現在來看，搞不好適合穿這樣的高跟鞋。

自己所出生的關西一帶，
才是全日本鯛魚最好吃的地方。
——因此，她也隱約有著某種自豪感：
關西才是全日本最有日本味的地方。
同樣的，當別人問她最喜歡什麼花的時候，
她總是毫不猶豫地回答「櫻花」。

——〈細雪〉

這種心情最適合閱讀的谷崎潤一郎作品③

用詞與內心不同的話，講究的東西也會不同。你是關西人？還是關東人？

據說一個人會受到自己出生、長大的地域所形塑。
成長地域一旦不同，似乎連脾氣都難捉摸，
交談也不容易契合，就連笑點都不一樣。
偶爾會碰到這種讓人覺得「這人真的同是日本人嗎？」的情形。
就連新年麻糬的種類，似乎也是各地不同呢。
讀一讀〈細雪〉吧。
關於關西的那些事，
無論是人、心，還是土地，這本書都講得很清楚。

你曾因為溫暖的人情味而熱淚盈眶嗎？
你總是不自覺地在意他人的眼光嗎？
你喜歡阪神老虎隊、什錦燒、關西腔嗎？

這樣的你，建議閱讀這本書——

〈細雪〉

谷崎在壯年期投入一切完成的大作

〈細雪〉故事簡介 ➡ **P33**
10分鐘名著小閱讀 ➡ **P52**
美文朗讀聆賞 ➡ **P100**
名家共鳴（桐野夏生）➡ **P126**
作品詳細解說 ➡ **P177**

谷崎讚不絕口的「柿葉壽司」也是關西風味。一面讀〈細雪〉一面品嚐看看，怎麼樣？

一本讀懂谷崎潤一郎

目錄

插畫●野村俊夫　攝影●廣瀨達郎　協力編輯●北川潤之介

【參考文獻】

《新潮日本文學相簿 谷崎潤一郎》（新潮社）
《谷崎潤一郎全集》（中央公論新社）
《谷崎潤一郎・〈細雪〉還有蘆屋》《志賀直哉與谷崎潤一郎》
（均由蘆屋市谷崎潤一郎紀念館提供）

【照片提供】

蘆屋市谷崎潤一郎紀念館／中央公論新社

第5頁照片

右／DVD〈卍〉（1964年大映／91分／導演 增村保造／主演 若尾文子、岩田今日子等）
DVD〈細雪〉（1983年東寶／140分／導演 市川崑／主演 吉永小百合・岸惠子等）
DVD〈痴人之愛〉（1967年大映／95分／導演 增村保造／主演 大楠道代等）
左／新潮文庫〈卍〉

第9頁照片

右／新潮文庫〈痴人之愛〉
左／腳踝綁帶高跟鞋（STRAWBERRY・FIELDS）

第13頁照片

右／新潮文庫〈細雪〉（上）
左／柿葉壽司（IZASA）。谷崎在〈陰翳禮讚〉中詳細寫到了柿葉壽司的作法。

15分鐘鳥瞰。

谷崎潤一郎全作品導覽

從經典作品的演變，
全覽作家風格與心境轉折

一旦受到道德或常識的束縛，人生就無趣了。谷崎悄聲招喚潛藏在你內心的魔性。跟著谷崎潤一郎一窺令人目眩神迷的世界吧。

〈**刺**青〉中，一位接受天才刺青師幫她刺青的女孩，逐漸變成一個令人為之驚艷的魔性之女。來吧，就從谷崎二十四歲的成名作〈刺青〉開始，翻開他那令人毛骨悚然的「惡女型錄」吧！

春琴眼盲，雖然格外美麗，卻是個傲慢的大小姐，總把學徒佐助當成奴隸般使喚。佐助是個受虐性格的人。某天，女王的美貌不幸遭到燒傷。此時，奴隸佐助採取的行動是？

< 卍 < 春琴抄 < 痴人之愛 < 刺青

男女的三角關係，谷崎寫起來很了不得！其中最厲害的是〈卍〉，一個良家太太沉迷於同性的魅力，後來連她的老公也……

〈**痴**人之愛〉的主角娜歐蜜所擁有的「肉體」，能把任何老實且心如止水的男人，都變成「痴人」。唔，好想發暈看看！

< < < < < 谷崎潤一郎作品推薦閱讀順序

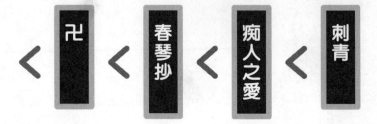

〈鍵〉如果當成推理小說看，也是一部出類拔萃的情色懸疑作。高齡的先生與擁有「名器」、風華正盛的太太之間的精彩攻防，毫無疑問讓人的心臟悸動不已！

貓與庄造與兩個女人 ＜ 食蓼蟲 ＜ 鍵 ＜ 瘋癲老人日記 ＜ 細雪

〈細雪〉是美女四姐妹的故事。真正的主角其實是四女妙子，每當她俘虜一個男人，就又追求下一個男人，這種自由奔放的模樣，散發出難以抵擋的魅力！

最適合你的谷崎文學是哪一本？

書名很有名，但內容真的有趣嗎？如果可以知道那是什麼類型的故事，也許會想要閱讀看看……接下來的「15分鐘鳥瞰。谷崎潤一郎全作品導覽」一定能讓你找到最適合自己的谷崎文學。

谷崎的「惡女型錄」，帶你體驗「異常」的吸引力

你遇過「惡女」嗎？你想過要體驗「異常」的魅力嗎？假如妳是女性，妳是否曾察覺到潛藏在自己心中的魔性？一旦受到道德或常識的束縛，人生就無趣了。稍微忘掉這些束縛，一窺充滿「惡女」與「異常」的谷崎世界吧。

跪著舔腳——大文豪就愛「惡女」

谷崎有戀足癖，他的目光與心會自然被女體的「腳」吸引，對於腳的執著到了異於常人的地步。另外，我們也不時可以看到他透露出來的、對著女王那類的女性大喊「請用您的腳用力多踩我幾下」般的「受虐」特質。無論他的哪部小說，都全面地呈現出一個「深奧的性愛世界」※。

而且，登場的女主角們，一個個不約而同都是「惡女」，她們或而擁有「美

※老人睡在裸體美女身旁，川端康成的〈睡美人〉，也是一部充滿異色性愛的傑作。

貌」，或而擁有「名器」，或而個性「奔放」，只要生為男性，看到她們，腦中應該都會充斥著想要被摧殘的願望（受虐性格），想嘗試著和這樣的「極品」一起玩玩火，至少一次也好。相對的，假如生為女性，毫無疑問地，也會察覺到心中那股想摧殘別人的願望（施虐性格）※的覺醒，想以女性的魅力讓男人們屈服於裙下。

越是摧毀男人，越能成為「極品」〈刺青〉是成為惡女的單程車票

〈刺青〉是谷崎二十四歲的成名作。

一位天才刺青師迷上某個女孩的美腿，認定她有素質成為當代少見的「惡女」、「妖婦」、「淫婦」，於是在她的背上刺了一隻女郎蜘蛛（日本妖怪的一種）。這隻巨大的蜘蛛刺上去後，潛藏在她心底的「毒婦」※※浮上檯面。她出現

※ 河野多惠子的《採獵木乃伊奇譚》據説描繪了被虐待狂最終極的願望。假如發展到那種地步，還挺可怕的。

※※ 松本清張的《黑皮記事本》裡，也有個很有魅力的惡女登場。2004年秋天，翻拍成由米倉涼子主演的電視劇。

了顯著的轉變。她賤踏男人、讓男人毀滅，還把這些犧牲者的屍骸當成肥料，讓自己的美更加洋溢，成了一個妖婦。而最先被她抽走魂魄的第一個犧牲者，竟是她的刺青師！

同一本短篇集中收錄的〈少年〉，妖媚地描繪了倒錯的少年少女心理。裡頭沒有教育學家談論的那種「純潔少年」，即使是少女也足以成為「毒婦」。有個少年在學校時是個窩囊的「被霸凌的孩子」，但一回到家，這個被虐狂就變成一個對姐姐施加暴力的「小霸王」。在這狀況下，再加上「我」這個角色，不斷上演著「三路混戰」的「ＳＭ遊戲」。三人都充分嘗到「施虐的快感」與「受虐的快感」。到最後演變為一個女王率領兩個奴隸的結構。

〈刺青〉
美文朗讀聆賞 ➡ P92
名家共鳴（本上まなみ）➡ P139
作品詳細解說 ➡ P185

惡女娜歐蜜擁有一百二十分的肉體魅力
〈痴人之愛〉是惡女版的《窈窕淑女》

有句諺語說「君子不近險地」※。人稱聖人或君子的傑出男人，不會受到惡女的欺騙。因為，他們並不具備想要和美女渡過一段快樂時光的「好色性格」。但，這是真的嗎？

聖人君子的代表選手是以《論語》一書聞名的孔子。但谷崎的短篇作品〈麒麟〉，卻暴露了孔子身為「男人」的脆弱——他敗給了惡女南子夫人所散發的不祥費洛蒙。自古從平安時代起，就有句諺語說「在戀愛面前，孔夫子也會出差錯」。像孔子那樣的聖人君子，由於身為男人，也會迷戀女人。這麼一來，就像在山裡迷路的人注定倒在路旁一樣，孔子也會為了戀愛之苦而掙扎。

谷崎「惡女型錄」的第二人是長篇故事〈痴人之愛〉的女主角娜歐蜜。這個惡女擁有絕大的肉體魅力，甚至足以讓一個正直的君子，墮落成為「痴人」。

由於「知性・零分」，只講得出低級的粗魯話。由於「道德・零分」，只要是男的，跟誰都可以上床。由於是個「金錢觀・零分」的浪費家，那些「朝貢」男人們的存款，馬上就見底。由於「家事能力・零分」，用餐不是外食就是叫外

※ 有些男人明知對方是惡女，卻還是忍不住要靠近。東野圭吾的《白夜行》、《幻夜》的主角，都是這樣身敗名裂的。

〈痴人之愛〉

10分鐘名著小閱讀 ➡ P38
美文朗讀聆賞 ➡ P84
名家共鳴（桐野夏生） ➡ P130
作品詳細解說 ➡ P188

送。而且，她還是個「不會收拾的女人」，自己脫下來的內衣褲，滿不在乎地丟在室內各處。即便如此，娜歐蜜誘惑男人的肉體魅力，格外出眾。滿分一百分的話，她有一百二十分以上。

原本是個精英上班族的讓治，領養了小他十四歲的娜歐蜜當作未來的妻子，卻遭到她的耍弄，始終都在持續墮落。但是這段孽緣斬也斬不斷，只要能跟娜歐蜜在一起，就算人生被搞得一團亂，照樣滿足開心。《源氏物語》的光源氏，成功地把紫之上教育成「理想的太太」；《窈窕淑女》※的教授也把老社區的賣花姑娘培養為「淑女」。然而，讓治對娜歐蜜的教育卻徹底失敗。非旦如此，他還被娜歐蜜當成奴隸「豢養」（＝調教）※※。

就算明白「這樣的惡女，絕對不能交往」，一看到她，卻還是無法戰勝想要得到她的誘惑與欲望。

人生不可能一片光明，反倒很醜惡。不，或許正因為醜惡才顯得美麗。而美的事物又很醜惡。谷崎潤一郎強烈地提出這樣的主張。

※ 這部贏得8座奧斯卡獎、被視為音樂劇最高傑作的電影，原作是英國小說家蕭伯納的《賣花女》。

※※ 團鬼六的《美少年》也是以調教為主題，只不過是男的調教女的。

男子不惜弄瞎眼睛也要當她手下的傲慢女子春琴〈春琴抄〉是美麗SM的極致

惡女型錄第三號，來挑戰一下〈春琴抄〉吧。這部作品乍看之下用字遣詞好像有點困難，但內容還是令人好奇。這種色色的小說，就算不查字典，靠直覺也能照讀不誤。

在大阪一個富商的家裡，有個眼盲卻貌美的傲慢大小姐。她的名字叫春琴。春琴擅長琴藝，把學徒佐助當成弟子或奴隸使喚。佐助則是典型的M男。就算被春琴打到流血，他一面抽噎地哭著，心裡還是因為喜悅而顫動著。除了在春琴外出時幫她帶路外，舉凡帶她上廁所、幫她洗澡，甚至連閨房裡的肉體服務等等，他都開開心心地自告奮勇擔任。

傲慢的春琴某次被自己羞辱的男人報復，引以為傲的美貌因為遭人潑燙水而變醜。於是，佐助拿針去刺自己的雙眼，主動成為瞎子※。這麼一來，他就可以

〈春琴抄〉

美文朗讀聆賞 ➡ P114
名家共鳴（桐野夏生）➡ P130
作品詳細解說 ➡ P198

※講到「主動變成瞎子」的主角，莎士比亞的《李爾王》也是。

不必去看春琴燒傷的臉了。而春琴的美貌也就能夠永遠保存在他的心頭。春琴非常開心佐助做了這個勇敢的決定，但就算他們成了夫妻，佐助還是繼續奉獻自己，一直都維持著「女王與奴隸」的關係不變。

弄瞎自己眼睛的佐助固然心理異常，但是把男人教育成心甘情願獻出雙眼的春琴，同樣也異於常人，不是嗎？

他們打造了一個「只有兩個人的世界」。瞎眼的佐助，在恍惚的陶醉境地裡，不斷撫弄著同樣瞎眼的春琴那美麗的肉體。

男人女人都成了她俘虜的魔性之女光子
〈卍〉是女同性戀※+1的異常三角關係

谷崎有幾部以三角關係或四角關係為主題的小說。就從異常性最高的〈卍〉讀起吧。在新潮文庫的「解說」裡，是這麼寫的：「關西的良家太太告白的異常

※ 提到官能女同性戀小說，就會想到森奈津子、齋藤綾子、中山可穗這幾位。不過，吉田秋生的《櫻之園》裡對同性充滿抒情風格的愛慕，也難以割捨。

同性戀體驗——受到關西女性的妖艷聲音吸引，作者谷崎潤一郎開拓新境界、宛如記念碑般的傑作」。如何呢？這樣的作品您能夠忍得住不讀嗎？

有夫之婦園子受到名為光子的女性所吸引，但光子除了園子以外，還有個男性交往對象，也就是所謂的「腳踏兩條船」。然而，光子的戀人是個性無能者。在此演變成不像男人的男人，與女人一起爭奪魔性之女的奇妙「三角關係」※。而且，最後連園子的丈夫都成了光子魔性的俘虜。於是，他們三人最後一起仰藥，想要「殉情」。

如此詭異的戀愛事件，是由存活下來的園子以回憶的角度講述的。而且自始至終都使用「關西腔」。

習於閱讀共通語（東京腔）小說的讀者，應該會一頭霧水。這讓人聯想到，谷崎潤一郎惡作劇般瞇起一隻眼睛的樣子。

※村上春樹的《挪威的森林》也是以三角關係為主題的小說。另外，1985年，村上曾以《世界末日與冷酷異境》一書獲頒緣自谷崎潤一郎的「谷崎賞」。

〈卍〉

名家共鳴（桐野夏生）➡ P126
名家共鳴（本上まなみ）➡ P140
作品詳細解說 ➡ P196

女王貓莉莉端坐於比人類還高等的地位
〈貓與庄造與兩個女人〉充滿貓的魔力

〈貓與庄造與兩個女人〉是有點詭異的作品。有個男的名叫庄造，和他分開的太太叫品子，現在的太太叫福子。品子和福子直到現在還在搶奪庄造。而庄造貪婪的母親阿凜也牽涉其中。光是這樣的話，也只是司空見慣的「三角關係」與「婆媳糾紛」。但是再加上一隻名為莉莉的母貓攪和，這就是谷崎的獨創。

這隻貓總是高高在上的樣子，她的舉止就像女王一樣，人類的想法都和她沒關係※。這不就讓人覺得像個惡女一樣嗎？庄造、品子與福子，都遭到這隻貓的耍弄。一個是希望貓喜歡他的男子，一個是嫉妒貓的女子，還有一個是把貓成當工具希望奪回先生、卻反被貓俘虜的女子。這就像是一齣把貓也列為當事人的四角關係劇。最終的贏家竟然是貓。無論男的女的，全都成了輸家。

夏目漱石的〈我是貓〉裡的貓，只是個陳述者。但谷崎潤一郎的〈貓與庄造

〈貓與庄造與兩個女人〉

♡ 名家共鳴（本上まなみ）➡P133

※出現在村松友視的《時代屋的老婆》一書中的女主角，就是像貓一樣。她的本領是無拘無束地突然離家出走。

與兩個女人〉則和愛倫坡的〈黑貓〉同樣在「貓的小說史」中呈現出數一數二的妖艷感。如果用動物來比擬谷崎，應該也是貓吧。而且是一隻肥肥厚厚的貓。大概就像出現在〈愛麗絲夢遊仙境〉裡的柴郡貓的感覺吧。

刺激男人再婚願望、猶如人形木偶般的惡女．阿久〈食蓼蟲〉中認可妻子外遇的丈夫，他的夢中情人是？

〈食蓼蟲〉也不只是陳腐的三角關係而已。斯波要與美佐子是一對有小孩但沒有愛的夫妻。原因不是「個性不合」，而是「性生活不協調」※使然。因此他們斷絕夫妻生活（性愛），考慮要離婚。在先生的公開認同下，美佐子一再與名為阿曾的愛人約會。要則靠著外國人妓女滿足欲望。但是，要卻一點一滴受到美佐子父親年輕的小妾阿久所吸引——就是這麼個故事。

在真實人生中，谷崎也是把第一任妻子讓給了詩人佐藤春夫。另外，谷崎結

※林真理子的《不開心的果實》描寫性生活的不協調，震撼了讀者。另一方面，渡邊淳一的《失樂園》則描寫性生活過度協調。太過契合，同樣也是悲劇……

了三次婚，但第二次結婚後不久，他就和第三次結婚的太太同居，滿不在乎地拋棄第二任妻子。所以，我們也可這麼聯想，這陣子的谷崎所抱持的夫妻觀與倫理觀，直接顯現在〈食蓼蟲〉主角要的生活方式。

要開始注意到人形淨瑠璃※的魅力。它有著日本風情的優點。他相信阿久是淨瑠璃木偶的精靈。他開始覺得，自己假如再婚，就要娶這種女人，妄想也變得越來越牢固。他渴望的對象不是阿久本人，是阿久那樣類型的女人。

故事最後略為透露，如同木偶般的阿久，似乎也有著各種人類的感情存在。小津安二郎導演的知名電影《東京物語》中，有個場景是，自己認為是理想女性的兒子的未亡人（原節子），突然以激動的口氣表白，說自己也存在著灰暗的各種層面。就和那個場景有點像。

但就算和阿久那一型的女人結婚，只要當先生的稍微請求「希望太太虐待我」，毫無疑問，像木偶的太太就會在轉瞬間變成有如娜歐蜜般的妖婦。因為，女人的本性就是被男人引發出來的。

※大阪日本橋的「國立文樂劇場」，是知名的人形淨瑠璃的公演會場，連剛入門的人也很易於觀賞。

〈食蓼蟲〉

名家共鳴（桐野夏生）➡ P126
作品詳細解說 ➡ P190

讓先生馬上風的惡妻郁子
〈鍵〉是一部讓人心臟劇烈跳動的情色懸疑作

再來，谷崎的「惡女型錄」，現在要慢慢往更激昂的方向走了。〈鍵〉這部小說交替地記述了年老的先生所寫的片假名日記※，與淫亂而年華正盛的太太所寫的平假名日記。

這位太太郁子竟是一位擁有「名器」的女人。先生為了提振逐漸衰微的性欲，竟唆使年輕人去當太太的情夫，因為希望藉由嫉妒的力量提高欲望。他把假裝昏過去的太太脫光，到處舔她的腳與腋下。他似乎是大學教授，書中卻沒有做學問的場景，滿腦子只想著夜裡性愛的事。他相信吃牛排可增進性欲這件事也很可笑。

太太將計就計，希望藉由讓高血壓的先生在性愛當中發病來殺掉他。唔，原來是馬上風啊。不只郁子的情夫，兩人的女兒也摻了一腳，呈現了出色的懸疑

※是否因為片假名或羅馬字容易呈現出人心的內面，石川啄木的《羅馬字日記》也是，把在貧窮與性欲間掙扎的啄木的心聲濃縮了進去。

〈鍵〉

10分鐘名著小閱讀 ➡ P66
名家共鳴（桐野夏生）➡ P131
名家共鳴（本上まなみ）➡ P139
作品詳細解說 ➡ P177

感。先生第一次發病和第二次發病之間太太所用的「招數」實在絕妙。

乍看之下「片假名日記」※的部分很難讀，因此年輕讀者似乎都敬謝不敏，但這真的太可惜了，像這種就算當成推理小說來看完成度也很高的作品，還滿少見的。是一部情色懸疑的傑作。

讓公公舔脖子後側以賺取巨款的惡媳婦颯子
〈瘋癲老人日記〉充滿戀物癖者的執念

谷崎最後的長編作品是〈瘋癲老人日記〉。「惡女型錄」也來到了最後的階段。

這是一部老人打從心底深受當過舞者的媳婦所吸引的日記。雖然在此也是使用片假名，但一讀之下會發現還真沒看過這麼「柔」（情色）的日記。偷看別人日記的快感真教人受不了。

※要說到值得一讀的日記，永井荷風自38歲起至死前不久為止寫的《斷腸亭日記》就是。荷風也是谷崎畢生一直衷心景仰的作家。

這個老人連援助自己親女兒兩萬圓都捨不得，卻一口氣送給媳婦三百萬圓，只為了感謝她在沖澡室讓自己舔她脖子。價值觀顛倒的部分，正是「瘋癲老人」發揮本領之處不是嗎？

老人的執著非常驚人，還用颯子的腳做了「拓本」，刻在自己的墓上，希望死後也能繼續被颯子的腳踩踏著。真是輸給他了。「戀足癖」到這種地步，實在了不起。

〈瘋癲老人日記〉

作品詳細解說 ➡ P210

自由奔放的四女妙子才是真正主角
最後請以〈細雪〉品味四種類型的女人

最後等著大家的是谷崎在壯年期傾注一切的大作〈細雪〉。四個美女姐妹※生於名門蒔岡家，四人四種模樣，多麼的絢爛豪華。阿爾柯特（Louisa May Alcott）的《小婦人》描寫的四姐妹都還是少女，〈細雪〉的四姐妹則已經身心

※向田邦子的《宛如阿修羅》、金井美惠子的《戀愛太平記》，都是以四姐妹為主角。尤其是後者的標題，點子來自於谷崎晚年的傑作〈廚房太平記〉。

成熟。

長女鶴子與次女幸子已婚，三女雪子是個嫻靜適合和服的美人，不知為何沒有良緣，數次相親都沒有結果。

四女妙子個性奔放，在行為不端的「自由戀愛」下，對象換了一個又一個。她和大商店的小開私奔，又和曾是學徒的攝影師談了場身分有落差的戀愛，與酒保戀愛時懷孕，結果死胎。妙子就是這樣一下這個一下那個，接二連三引發不同事件。

正如在電影裡，雪子是由吉永小百合飾演※，讀者很難不把焦點放在清秀的雪子身上。書名恐怕也是取自雪子的名字吧。但雪子什麼也不做，也沒人對她做任何事。她一點故事性也沒有，只是默默地不知在想著什麼。就這一點看來，持續創作「惡女列傳」的大文豪谷崎的筆觸，在妙子波瀾萬丈的故事裡呈現得格外清晰。

〈細雪〉據說受到了《源氏物語》的影響。既然這樣，雪子就是男人依自己

※飾演四姐妹的是岸惠子（鶴子）、佐久間良子（幸子），以及古手川祐子（妙子）。導演是市川崑，也有DVD版本。

〈細雪〉

10分鐘名著小閱讀 ➡ P52
美文朗讀聆賞 ➡ P100
名家共鳴（桐野夏生）➡ P126
作品詳細解說 ➡ P177

的需要打造出來的紫之上；相對的，妙子則是把女人的「悲慘」與「泥濘」全都體驗殆盡，相當於浮舟※這個角色吧。紫之上與浮舟，雪子與妙子。這是誰也不輸誰的日本兩大類型的女主角。令人不由想要祝福身為「昭和版浮舟」的妙子，能有個幸福的未來。

揭露潛藏在男女身心深處的「祕密」。谷崎達五十年持續寫的淨是這種窺看式的刺激感百分百的小說，贏得了「大文豪」的稱號，很了不起。至於被他挖掘出這樣的「祕密」的你，或是內心深受吸引的你，現在已經是個取得谷崎文學招待券的幸運精英了。

※主角光源氏的妻子女三宮與外遇對象柏木之間生下了薰。浮舟則是個薄命的女性，接受薰的庇護，卻和別的男人私通，百般煩惱下投水自殺獲救，打算皈依佛門。書中的「浮舟」這一章是《源氏物語》後半的高潮之一。

10分鐘名著小閱讀。

谷崎潤一郎各階段代表作精選

巧妙剪裁原文，
濃縮原著最精華片段！

摘文／木原武一（KIHARA BUICHI）

1941年出生於東京都。東京大學文學系畢業。作家。著作有《寫個大人看的偉人傳》、《父親的研究》、《摘要世界文學全集 I、II》，翻譯作品則有《聖經密碼》等。

痴人之愛

西洋影響的結算之作

我接下來將盡可能誠實地、毫無隱瞞地、依據事實詳細寫下世間少有的我倆夫婦的關係。

初次與我現在的妻子邂逅，是在距今約八年前。當時她在淺草雷門附近的鑽石咖啡廳裡當女服務生。那一年她虛歲十五歲，算是女服務生的實習生。

當時二十八歲的我為什麼會看上這樣的小孩子，也許是因為一開始我很中意那孩子的名字。她的本名叫「奈緒美」，發音就跟西洋人的名字「NAOMI」（娜歐蜜）一樣，心裡這麼想，總覺得有這樣西洋風的時髦名字，連她的五官也愈發像西洋人一樣。再加上她看起來挺聰明伶俐的，所以我才會認為「讓她在這樣的地方當女服務生未免太可惜了」。

我當時在某電力公司擔任技師，每月薪水一百五十圓[1]。一個人在外租屋居住，生活算是相當寬裕。個性認真的我，在公司甚至被取了「君子」的綽號。我原本就是在鄉下長大的粗人，不擅交際，也沒有跟異性交往的經驗，表面上一副很有君子風度的老實樣，暗地裡卻時時留心著周遭的女子。無論是走在路上、或是早上搭電車通勤，無時無刻不在注意著四周的女子。而剛巧就在這個時期，名叫娜歐蜜的女孩出現在我面前。

一開始我的計畫是領養這個女孩然後照顧她，若她是個可造之材，我就讓她好好接受教育，然後娶她為妻也無妨，大概是這腫程度的打算。並非一般世人「共組家庭」的想法，而是兩人一起過著輕鬆愜意的簡單生活——這是我當初的期望。

跟娜歐蜜說明我的想法之後，「嗯，好啊。」她二話不說就答應我，沒有絲毫猶豫，而她的父母親也沒有表示反對。於是我們就在大森[2]車站附近租了一間畫家蓋的工作室，兩個人開始同居。當時是五月下旬左右。

1 依照大正時代的物價，四口之家的收入與支出約在100~120圓，白米1石（142公斤）44圓。咖啡一杯10錢，親子蓋飯與天婦羅蓋飯一碗約30錢。

2 附近有大森貝塚（日本考古學發祥地）與藝術家聚集的馬込文士村。

「娜歐蜜，從今以後妳不要再叫我『河合先生』，改叫我『讓治先生』吧。就讓我們像真正的好朋友那樣一起生活吧。」

＊

搬家當天我這麼告訴她。娜歐蜜睡在二樓屋頂閣樓裡三張榻榻米大的房間，我則睡在隔壁四張半榻榻米大的房間。每天早上睜開眼睛，還縮在棉被裡的我們會從彼此的房間出聲向對方打招呼。吃完早餐後，我留下娜歐蜜到公司去上班。她就整理花壇的花花草草，下午去學英語和音樂。學英文和音樂是她個人的期望。

夏天時我們會去鎌倉泡海水浴。看著身穿泳衣的她出現在我面前時，我是多麼欣喜她的四肢如此均勻修長。娜歐蜜的胴體較短，雙腳極為修長，胴體呈現玲瓏的S曲線，曲線最凹陷的腰際下方是女人味十足的豐滿臀部。從那時起，我養成在家用橡膠海綿幫她刷澡的習慣。

我與娜歐蜜超越純友誼的關係，是在隔年她十六歲那年的春天。並非誰誘惑誰，兩人都沒有明白說出口，只是自然而然地，在彼此的默契下跨越了男女的那條防線。事後她在我的耳邊說道：「讓治先生，你一定不可以拋棄我哦。」

「相信我，我只為了妳而活。」我說道。

就這樣，我倆成了不須忌憚世人目光的法律上的合法夫妻。

「我最可愛的娜歐蜜，我不只是愛妳，還深深崇拜著妳。妳是我的寶物，是由我一手發掘，一手研磨的鑽石。只要能讓妳成為美麗的女人，就算把我的薪水全都貢獻給妳也心甘情願。」

「不用啦，你不用這麼做也沒關係。我一定會更認真地學習英語和音樂。」

之後，當我終於領悟娜歐蜜不可能成為自己所期待的聰慧女人，卻早已深陷在她的肉體魅力無法自拔。

＊＊

娜歐蜜十八歲那年秋天，某天我早一點下班回到大森的家，看到一個臉生的少年正在跟娜歐蜜說話。

「你說那個人嗎？他是我朋友啦，名叫濱田先生……他說要組一個社交舞俱樂部，請我一定要加入。」

我雖有些不愉快，卻也覺得她的話沒有虛假。我倆在大森共築愛巢，前後也有約四年的時間，正開始對以往為止的生活感到有點無聊。於是，我們決定去學跳舞。那家社交舞俱樂部的幹事正是先前提到的那個名叫濱田的慶應義塾學生。用來當作社交舞練習場的西洋樂器店似乎是學生們的集會地點，娜歐蜜與店員及學生們都混得很熟。

練習一段時間舞技差不多熟練以後，我倆第一次前往位於銀座的黃金城咖啡廳（El Dorado），這是那年冬天的事情。那個時候，我每個月的收入漸漸無法應付她的奢侈度日。不知從何時開始她的嘴變刁了，又嫌自己做菜太麻煩，三餐都是請餐廳外送，到了月底，雞肉店、牛肉店、日本料理店、西洋料理店、壽司店、鰻魚店、點心店、水果店，各個店家高額的帳單如雪片般飛來。娜歐蜜就連一雙襪子也懶得自己洗，全都送洗，那筆費用也不容小覷。偶爾說她幾句，她馬

「我最可愛的娜歐蜜，我不只是愛妳，還深深崇拜著妳。只要能讓妳成為美麗的女人，就算把我的薪水全都貢獻給妳也心甘情願。」

上回嘴說「我又不是你的女傭。」

她在衣服上的花費也很驚人，整個工作室就像是劇院的更衣室一樣，到處掛滿衣裳。更可怕的是她花在鞋子上的錢。日式草鞋、木屐、雨天用高齒木屐、晴天用低齒木屐、輕便木屐、搭配外出服的木屐、常服木屐，每隔十天就買一雙新鞋，這些費用加總起來也不便宜。零用錢才給她不到三天就花完伸手跟我要。結果我單身時期存下來的錢全都花完了，還必須寫信跟鄉下的母親要錢。我曾說過只要為了娜歐蜜，願意將自己的收入全都奉獻給她。我希望讓她穿得漂漂亮亮，不必有金錢壓力，可以無憂無慮地成長——雖說這是我原本的心願，孰知卻養成她奢侈的壞習慣。

＊＊＊

開始跳舞之後，娜歐蜜熟識的學生們開始在我們大森的家出入，不僅經常要請他們吃晚餐，有時甚至還會宿在我們家，大家橫七豎八地睡在一起。

八月時，娜歐蜜一手包辦，租了鎌倉某園藝師的獨立偏屋，決定在那裡住一個月。我每天從鎌倉通車到位於大井町的公司。除了濱田以外，熊谷、關、中村等娜歐蜜的友人偶爾也會來。平時我大約晚上七點前回到那裡，跟娜歐蜜一起吃晚餐。有一次我必須連續五、六個晚上留在公司加班到九點，等抵達鎌倉的家時已經過十一點。這件事發生在我連續加班的第四天。

那天晚上，我提早完成工作，比平時提早一個小時回家，家中不見娜歐蜜的人影，只見不知被誰喝光的正宗米酒一升[3]空罈和吃剩的西洋料理。詢問園藝師的太太，娜歐蜜似乎跟一群男人去了海邊。我在海邊發現了嘴裡哼著歌，被濱田和熊谷等人扶著、步履蹣跚的娜歐蜜。一看到我，娜歐蜜突然一個箭步衝到我面前，打開斗篷伸出雙手放在我肩上。此時，我才發現斗篷下的她竟然一絲不掛。

「妳在做什麼！竟然讓我這麼丟臉！妳這天殺的妓女！娼妓！」

「哦呵呵呵呵——」

強烈的酒臭味隨著笑聲飄來。在這之前我從未看過她喝酒。之後我總算從娜歐蜜那固執的嘴巴打聽出她欺騙我的計謀。正如我的推測，娜歐蜜來鎌倉就是為

3 約1800ml。

了跟熊谷一起玩。但她一直否定與熊谷的不倫關係。我想也許在大森的家可以找到什麼證據，於是回到大森的家，大約在上午十點左右抵達那裡。

我用鑰匙打開了門，穿過工作室，前往閣樓她的房間想要搜尋證據。就在打開房間的那一剎那，我忍不住「啊」地叫了出來，接著連第二句話也說不出來，就這麼呆站在原地不動。

濱田怎麼會躺在那邊?!

我從濱田那裡打聽到了一切。包括他第一次和我見面之前就已經和娜歐蜜發生了不尋常的關係、夏天時兩人經常在大森的家中私會、今天是兩人約好私會的日子、現在最能隨心所欲操縱娜歐蜜的就是那個名叫熊谷的男人。

＊＊＊

「讓治先生，請原諒我……」娜歐蜜雖然求我原諒她，但「她的肌膚」這片神聖的土地，已經被兩名小偷踐踏，留下無法消失的永久足跡。一想到這裡，我就懊惱得不能自已。我恨的不是娜歐蜜，而是她的清白已經遭到了玷汙的事實。

在此我必須坦白承認男人的膚淺，不管白天如何，一到夜晚我就無法抵抗她的誘惑。與其說我輸給了她，倒不如說是我體內的獸性被她征服。娜歐蜜對我而言，已不再是珍貴的寶物，更不是神聖的偶像，而是一個娼婦。我與她之間早已沒了戀人的純潔，當然也沒了夫妻間的情愛。沒錯，這些情感早已隨著以前我對她的夢想消失了！

一切都是為了她肉體的魅力，現在能夠吸引我的就只有那個而已。但我竟對那個娼婦的肉體猶如女神一般地崇拜著。最可恨的是，娜歐蜜深知我的弱點所在。

之後，我倆爭吵不斷，最後爆發的時間是在搬離鎌倉兩個月後的十一月。那天早上我發現娜歐蜜的妝畫得比平常濃，察覺有異的我一出家門，立刻折返躲在後門倉庫的炭堆後面。娜歐蜜出門後，走進附近一家名叫曙樓的旅館，十分鐘後熊谷也進了那家旅館。直到十一點左右，娜歐蜜才出現在大馬路上。我尾隨著她走進家裡，「妳給我滾出去！」我發出連自己也感到刺耳的怒罵聲，接著一言不發，娜歐蜜也同樣保持緘默。

就在那一瞬間，我真真切切地感受到娜歐蜜那張臉的美。我第一次知道女人的臉會隨著男人憎恨的程度變得更加美艷動人。娜歐蜜的眼睛直勾勾地盯著我，臉上的肌肉分毫未動，失去血色的嘴唇抿成一線，她就這樣站在我面前，猶如邪惡的化身。——啊啊，這就是完整呈現淫婦靈魂的面貌啊。

「那麼，祝您安好。感謝您長久以來的照顧。」她打完這句招呼後，極為乾脆地離開了。

＊＊＊

娜歐蜜離去後，我雖然鬆了口氣，她那張臉卻一直浮現在我的腦海裡。我請濱田幫我調查娜歐蜜的行蹤，得知原來娜歐蜜有許多男人，甚至還被取了令人難以啟齒的綽號，即使如此我仍然無法放棄她。

某天，娜歐蜜藉口來家裡拿行李，之後每天都在我眼前露面。終於，我再也忍受不了，屈身跪在她腳下說道：「娜歐蜜！請妳不要再戲弄我了！好吧！我一我第一次知道女人的臉會隨著男人憎恨的程度變得更加美豔動人。她就這樣站在我面前，猶如邪惡的化身。

切都聽妳的！」

「請把我當成妳的馬騎吧，就像妳曾經騎在我背上那時一樣。」說完，我當場趴伏在地上。娜歐蜜露出大膽的神情，跨上了我的背，

「今後你什麼都聽我的嗎？真的讓我做自己喜歡的事情嗎？」

「嗯，都聽妳的。」

……就這樣，我跟她恢復了以往的夫妻關係。雖然我從以前就知道她的花心和任性，但倘若拿掉這些缺點，娜歐蜜也就失去了她的價值。越是覺得她花心、任性，心裡越覺得她可愛得不得了。我已經深深地迷上了娜歐蜜，不管別人怎麼看我，我都無所謂了。

娜歐蜜今年二十三歲，我三十六歲。

【編者的話】

閱讀小說的樂趣之一，就是發掘那些充滿真實感的詞彙表現。例如，「離床」一詞。「自從買了這個（某東京大使館出售、附有天蓋，四周垂下白紗床帳的西洋大床），娜歐蜜睡得更香甜，早上自然更離不了床。」讀到這段時，編者也忍不住自問，每天害自己起不了床的原因是什麼。

細雪

日本之美的極致書寫

「吶，么小姐，雪子的婚事，又有人來提了。是井谷太太那邊介紹的，聽說當事人四十一歲還是第一次結婚吶。」幸子對妙子說道。

「為什麼四十一歲還不結婚呢？」

「聽說是喜歡美女才延誤到現在。」

井谷太太是幸子她們常去的美容院女主人，聽說她最喜歡幫人作媒，幸子之前就請她幫忙留意雪子的婚事。

幸子底下的妹妹雪子不知不覺間耽誤了婚期，如今成了三十歲的老姑娘。造成她晚婚的最大原因，無論是本家的姊姊鶴子、幸子、以及雪子本人，都認為是父親晚年奢侈的生活、以及過於拘泥蒔岡家往日的名氣與舊時的身分。剛開始有許多人上門提親，全都因為不甚滿意而一一拒絕，後來世人也受夠了她們家擺的架子，漸漸地沒人上門來提親事，此時家運也逐漸衰退。由於家中都是女兒沒有兒子，父親晚年隱居將家長的位子讓給長女鶴子的丈夫辰雄，並收他為養子；次女幸子則為她挑選職業是會計師的貞之助為女婿，讓兩人分家搬出去。然而，辰雄在岳父（養父）死後，將自舊幕時代頗富盛名、位於大阪船場的店家讓給相當於蒔岡家家臣的同業，自己又回去做之前銀行員的工作。

之所以造成雪子晚婚的另一個原因，是某起「新聞事件」。距今五、六年前，當時二十歲的么女妙子與同是船場名門的某貴金屬商奧畑家的兒子陷入愛河後私奔，因為當妹妹的妙子想比姊姊雪子先結婚，若按照尋常姊姊先嫁的順序恐怕有點困難，兩個年輕人才決定採取非常手段，這件醜聞卻被大阪某家小報刊登出來。倒楣的是，對方搞錯當事人妙子，報導上的名字是雪子，就連年齡也是雪子的年齡。之後雖然刊登了勘誤的聲明，但雪子所遭遇的無妄之災卻難以挽救。

妙子在上女子學校時就很會做娃娃，她的作品好得可以擺上百貨公司的陳列架販售，現在她租了公寓的一個房間當作工作室，但本家的姊夫其實不是很贊成妙子越來越像職業婦女的表現。

「跟瀨越先生他們已經見過面了，不知蒔岡先生你們的身家調查結束了沒有？」井谷太太向貞之助問道。

「本家的人個性較為老派嚴謹，辦事也比較悠哉。……我也一直跟他們說，如果本人是個不錯的人選，後面的調查也用不著太過嚴格，我看今晚的狀況，若是當事人沒什麼異議的話，這次的婚事應該談得成才對。」

任職於某化學工業公司的瀨越，貞之助或幸子她們光看照片就可以大概想像他的人格，五官端正，但似乎比較不會討人喜歡，感覺木訥樸實，正如妙子所批評的「平凡」兩字，無論是長相、體型、胖瘦、甚至是服裝或領帶的品味，總之就是平凡到底，卻也讓人挑不出大錯的認真上班族類型。貞之助覺得光是這樣的條件，第一印象應該可以合格。

隔天，井谷太太來到貞之助的事務所，她說瀨越本人很心動，但雪子小姐的人品與外貌雖然無可挑剔，身子看來卻有些羸弱，所以有點在意。為了讓對方安心，特地寄了健康檢查的診斷結果與X光的照片給對方，結果瀨越誠惶誠恐，說現在只等你們回覆自己是否及格可以當那位小姐的夫婿。雪子本人則表示一切都聽從姊夫與姊姊們的安排。

就在此時，本家通知他們的調查結果，瀨越的母親表面上對外宣稱是中風，實際上卻是一種精神病，婚事也因此告吹。提起這件事，去年春天也有一起跟今年很類似的婚事，而且是彼此門互相當的大地主家，兩家都非常來勁，甚至定了訂婚的日子，卻突然透過其他的管道打聽到男方其實已經有了一個關係不淺的女人，為了顧及世間的體面才迎娶妻子，連忙取消了這門親事。正是因為發生過這種事，本家的姊夫與姊姊才會加倍小心。

**

幸子在少女時代，曾讀過《古今集》中幾千幾百首詠頌櫻花的和歌，當初她只覺得這些歌平凡無奇，沒有絲毫感動。但隨著年紀漸長，她開始體認到古人的愛花之情、惜花之心。每年春天到來，邀丈夫、女兒、妹妹們一起到京都賞花，已經成為這幾年來不可或缺的固定活動。

今年幸子她們也在四月中旬的週末出門賞花。第二天早上，一行人先來到廣澤池畔，幸子、她的獨生女悅子、雪子、妙子依序並排於樹枝垂於水面的櫻花樹下，以遍照寺山為背景，讓貞之助的萊卡相機拍下她們美麗的身影。然後沿著大澤池的堤防往上走，穿過大覺寺、清涼寺、天龍寺門前，在法輪寺的山上打開便當盒用餐，之後搭乘愛宕電車回到嵐山，在渡月橋北邊暫作休息之後，再搭乘計程車前往平安神宮。

穿過神門的姊妹們抬頭仰望黃昏天空一整片的紅雲，一齊發出「啊——」的感嘆之聲。這一瞬間正是長達兩日的賞花活動的最高潮。這一瞬間的喜悅，正是自去年春天以來長達一整年一直在盼望等待的。啊啊，這真是太棒了，每個人都希望明年春天也能再次看到如此美麗的花，唯獨幸子一人暗自感傷，明年自己再站在這片花下時，雪子恐怕已經嫁人了吧，花的盛期明年會再來，但雪子的盛年幸子在少女時代，曾讀過古今集中幾百幾千首詠頌櫻花的和歌，當初她只覺得這些歌平凡無奇。但隨著年紀漸長，她開始體認到古人的愛花之情、惜花之心。

今年會不會是最後一年？雖然覺得孤單，但為了雪子著想，還是希望她在明年之前就能找到好婆家。

＊＊＊

辰雄榮昇東京丸之內分行行長，本家決定移居到東京。那一年的八月底，辰雄夫妻和以十四歲的老大為首的六個孩子、雪子、還有女傭和保母，一共十一人從大阪車站出發。候車室裡早早擺出接待櫃台，有近百人前來送行，這些人都是受到先代老爺恩惠的藝人、旅館老闆娘、年老藝妓等，蒔岡家雖然沒了以往的威勢，還是維持了當地歷史悠久的名門離開故土時的那種氣勢。

無法習慣東京生活，因此罹患思鄉病的雪子，在新的一年春天，為了相親回到了久違的神戶，切身感受到返鄉的喜悅。至於相親對象，則以對方四十六歲卻看起來太老而婉拒，雪子跟去年一樣賞完花才回到東京。

那年的降雨量比往年多，一進入七月，連續三、四天陰雨連綿，自第五天凌晨突然轉變成雨量豐沛的豪雨，遲遲不見雨停的跡象。當時沒人想到這場大雨竟然會成為釀成大禍的紀錄性大雨。蘆屋的家這裡，七點前後悅子如平常那般在女傭阿春的陪伴下，在大雨中前往學校上學，九點前，已經開始學習洋裁的妙子前往位於本山村的洋裁學校。不久後貞之助聽到了響亮的警報聲。前去打探的女傭阿春說，大水已經淹到離家一個路口距離的東邊，自山手方向往海邊以滔滔之勢流去。貞之助從學校接回悅子後，在口袋裡裝了握飯糰與少量的白蘭地和兩、三種藥品，又出門去尋找妙子。本山村那邊已經是一片茫茫的濁流之海，聽說還有人坐在榻榻米上被水沖走。

妙子和貞之助一起回來時，天色已經很晚。妙子描述，因為當日天候不佳，學校缺席的人很多，洋裁學校放假，她在校長玉置女士的邀約下，暫時住在校舍另一棟的女士住家，因為濁流流入室內，水位瞬間增高，她們只能站在桌上，將頭伸出水面，本以為沒救了，誰知窗外突然出現人影，將她們拉上屋頂，兩人才因此獲救。

＊＊＊＊

姊妹們抬頭仰望黃昏天空一整片的紅雲，
一齊發出「啊——」的感嘆之聲。
這一瞬間正是長達兩日的賞花活動的最高潮。

拯救妙子的板倉之前曾是奧畑商店的學徒，之後遠渡美國學習拍照技術，回國後在神戶經營照相館。受過美式訓練的他，一有機會就會緊抓著不放，又懂得討人喜歡，他屢屢出入蒔岡家，也曾拍過妙子的照片。妙子雖然對奧畑還有留戀，但是她認為跟自己的救命恩人板倉結婚才是能夠讓自己真正幸福的選擇。如今的她不再被家世、家產、社會地位、教養等世俗觀念所拘束，她認為自己應該實際一點，成為自己丈夫的人必須擁有強健的肉體、有一技之長、打從心底深愛自己，懷抱願為自己奉獻生命的熱情；只要是符合這三個條件的人，她不會再過問其它的條件。板倉無疑符合了以上三個條件。於是兩人約定要結婚。

「吶，么小姐……妳這樣做，無論對本家或世人，我都沒臉見他們了。」即使幸子如此勸說，妙子依然不為所動。

妙子決定開一家女裝店，想要當個職業婦女自立，因此她前往東京本家索取開店所需資金，幸子也跟著她一起前往東京。誰知卻接到因為耳朵手術住院的板倉病況突然惡化的通知，兩人連忙趕回神戶。板倉因為中耳炎前往某耳鼻喉科就醫，因為乳狀突起炎[4]接受手術，傷口感染黴菌，左腳引發了壞疽[5]。當妙子趕到醫院時，病人只能不斷地喊著「好痛好痛」，此時的他成了人不像人、只能不斷呻吟的怪物。

幸子最擔心的就是世間認為病人與么小姐之間是未婚夫妻的關係，因此她執拗地規勸妙子要顧及蒔岡家的名聲，以及這件事可能對雪子婚事造成的影響。板倉接受左腳截肢手術不久後就死了。

＊＊＊＊

雪子迎來了三十三歲的大厄之年。適逢母親的第二十三次忌日與父親的第十七次忌日提前兩年舉辦，之後雪子一直留在神戶，此時幸子的朋友丹生夫人突然介紹了一門親事。對方橋寺先生是今年四十六歲的製藥公司董事。

貞之助跟這個人聊了一下，覺得這個人經過社交訓練個性圓滑。從臉部到手腕甚至是指尖都覆蓋著脂肪，皮膚白皙，是個五官端正臉頰豐腴的美男子。因為肥胖，所以看起來不輕薄，給人一種符合這個年齡該有的紳士氣度。雪子以往為

4 急性乳狀突起炎，是耳朵後方發腫的疾病，往往，在罹患急性中耳炎，或慢性中耳炎的時候，會併發急性乳狀突起炎。這是由於中耳的粘膜，和耳朵後方，稱之為乳狀突起骨頭的粘膜，連在一起，使得中耳的炎症，蔓延到乳狀突起所造成的。

5 壞疽是指因感染、血栓或其他原因缺乏血液循環造成身體組織壞死和腐爛的症狀。

止的相親對象中，此人的風采可以說是最卓越的。幸子也認為這次的對象比以往的親事都好。之後，兩家互相訪問，正覺得萬事俱備的某天，丹生夫人突然來電。

「啊，幸子太太，剛剛橋寺先生打電話來，對方似乎非常生氣……橋寺先生想和雪子小姐兩人好好談談，所以約她一起散步，問她是否可以赴約，結果雪子小姐卻在電話那端重複說著『這個……那個……』，當對方再三追問後，才以幾乎聽不到的細微聲音說『不太方便耶……』，之後就一句話也不說了。橋寺先生說我討厭這樣個性不乾脆的小姐，於是拒絕了這門親事。」

聽完事情的經過，貞之助說道：

「像這樣個性內向、連電話也無法好好講的女性自有她的好處。我想也會有男人不覺得她這樣的個性落伍過時或猶豫不決，而是認同她這樣的個性中內涵的女人味與深度。若非這樣的男人，沒有資格成為雪子的丈夫。」

＊＊＊＊＊

昭和十五年的秋天，為了研究新式美容術即將前往美國的井谷太太，向幸子介紹了維新時期建了大功的某子爵的庶子御牧先生。學習院畢業後曾就讀東京大學的理科，之後在法國學過一陣子畫畫，也曾在美國學習航空學，他在八、九年前回國，目前從事建築設計的工作，今年四十五歲。

幸子與雪子、妙子三人前往東京為井谷太太送行，順便在帝國飯店的某個房間與御牧先生會面。對方禿頭、膚色黝黑，雖然相貌不英俊，但五官可以看出他良好的出身，而且體格健壯。雪子當晚難得頗有興致，比平常還健談，也很常笑。御牧先生再三表明要在京都或大阪居住。幸子也覺得如果雪子嫁了這樣的丈夫，將來就不用煩惱居住地的問題了。

十一月下旬，御牧來到神戶，一群人在遠東飯店的西式餐廳用餐。御牧的態度和當初在東京時一樣，即使是在初次見面的貞之助面前，也表現得光明磊落，擅長說話的他展現了好相處的一面。「今後恐怕遇不到比這個人更好的對象吧。」貞之助心想。

新的一年到了，訂婚定在三月下旬，婚禮則在四月二十九日的天長節[6]舉辦。那時，妙子懷孕了，孩子的爸爸是名叫三好的酒保，她祕密地在醫院待產。自四月開始，因為米糧也改成了通帳制度[7]，所以這次決定樸素一點，往年的賞花活動改為當天來回。大夥兒只在大澤池畔的櫻花樹下彬彬有禮地打開便當用餐，喝著漆盃裝的冷酒，懷抱著稍嫌不足的心情打道回府。

妙子產下了死胎，在兵庫與三好過起了猶如夫妻般的生活。雪子則與貞之助夫婦搭上了前往東京的夜行火車。

【編者的話】

「細雪」如同字面所示，是細細降下的雪花。作品中卻連一片雪也沒下過。那麼，作者為何要為這篇長篇小說取如此的標題呢？對於這個長久以來的疑問，某天，我的腦中突然閃過一個答案。「細雪」指的會不會是被吹風吹落如片片飄雪的櫻花花瓣呢？賞花是這本小說的重要主題，而其中心人物就是「雪子」。

6 古時天皇誕辰的稱呼。

7 米穀配給通帳制度。自1942年4月開始日本實施食管制度，於1981年6月11日廢止。

描寫夫妻之間複雜心理的傑作

鍵

一月一日

……今年開始，我決定將以往猶豫是否該寫在日記裡的事情詳實記錄下來。先前我一直不敢將自己的性生活，以及自己與妻子的關係，毫無保留地寫下。因為我害怕妻子偷偷閱讀我的日記時，看到那些記錄會發怒。從今年開始，我決定不再顧慮這些事情。出身於保守的京都名門，自小在封建氣氛中長大的她應該不會偷看丈夫的日記，但不知她是否能夠抵抗窺看丈夫祕密的誘惑。我已經做好日記被妻子閱讀的心理準備，甚至暗暗期待這樣的事情發生。……郁子啊，我最深愛的妻子，請妳相信我的日記沒有半分虛假。與她結褵二十多年，就連女兒都到了可以嫁人的年紀，如今夫妻的床第之事卻仍只是默默辦事，沒有機會可以和她討論閨房之事。基於對現狀的不滿，我決定寫下這本日記。

我今年五十六歲（妻子應該是四十五歲），這個年齡的身體狀況雖然算不上衰弱，但對那件事卻開始有些力不從心。老實說，對現在的我來說，一週一次的頻率最適當。但是，妻子那方面的需求很強。這陣子我性交後總覺得很疲累。但我並不討厭與她性交，實際上正好相反。年輕時在花叢中遊歷過的我，知道她擁有女人之中非常稀奇的名器。她明知我有戀足癖，卻總是不肯讓我好好欣賞她那雙美腿。

一月四日

丈夫出門散步後，我為了打掃進入他的書房，發現書架前方地板上掉了一把鑰匙。很久以前我就知道丈夫有寫日記的習慣，那本日記就放在小桌的抽屜裡上鎖保管。他應該是在暗示我「想看就偷偷地看吧」。其實我今年也開始寫起了日記。但我不會讓丈夫查覺這件事。之所以想要開始寫日記，第一個理由是，我知道丈夫的日記藏在哪裡，丈夫卻不知道我有在寫日記。這樣的優越感讓我覺得很愉快。……昨晚我們做了今年第一場愛。丈夫依舊跟以往一樣達到了歡喜的巔峰，我則跟往常一樣覺得不滿足。……

一月七日

木村來拜年。妻子平時對來訪的客人很冷淡，對木村卻非常熱絡。因為我想將敏子嫁給木村，所以讓他出入我們家，並命令妻子觀察他們兩人的樣子。敏子對這門親事似乎不是很起勁。也許妻子本人沒有意識到，但我忍不住懷疑她是否愛上了木村。……

一月八日

……好久沒有擁抱那麼長的時間。啊啊，說到這個，為甚麼他在那方面的精力衰退這麼多呢？我的淫蕩源自於我的體質，對於這件事我也無能為力，做丈夫的應該能夠察覺到這一點吧。原本我希望躺在黑暗的閨房內，將自己的身體藏在厚厚的被褥中，夫妻看不到彼此的臉，默默地進行那檔子事……

一月十三日

……我漸漸沉浸在對木村的嫉妒中。我只要感受到嫉妒，就會引發床第方面的衝動。那天晚上，我利用了自己對木村的嫉妒，成功滿足了妻子的欲求。為了滿足我們夫婦的性生活，木村這劑刺激藥的存在不可或缺。

一月二十九日

……昨晚妻子突然不省人事。木村來我們家拜訪，四個人圍著餐桌用餐途中，她突然離開餐桌。妻子喝多白蘭地就會中途離席。她浸泡在浴缸裡睡著了。我將她帶到了寢室。醫生說是腦貧血，前來注射強心劑的醫生離開時，已經是深夜兩點左右。我前去查看妻子的狀況時，她正陷入熟睡中。一想到可以藉此機會實行長久以來一直想做的那件事，這樣的期待感讓我興奮不已。我從書房拿來螢光燈。長久以來我一直很想看看螢光燈下妻子的裸體。……正如我所預期的那樣。結婚以來，我第一次可以仔細欣賞妻子的裸體，尤其是一覽無遺地欣賞她的下半身。她那身毫無任何瑕疵斑點的純潔皮膚超乎我的預期。我終於達成了用舌尖愛撫她那雙玉腿的心願。今晚的我不再是那個一直力不從心的我，我終於可以霸道而有力地，征服她的淫亂。她做了以往為止沒做過的那些事，用手探索我的胸、手臂、臉頰、脖頸、腳等處。此時，從她的口中呢喃說出：「木村先生。」

我漸漸沉浸在對木村的嫉妒中。我只要感受到嫉妒，就會引發床笫方面的衝動。那天晚上，我利用了自己對木村的嫉妒，成功滿足了妻子的欲求。

一月三十日

……丈夫從未帶給我像這次那麼強烈的快感。跟他成為夫婦的二十多年來，丈夫帶給我的總是沉悶、無趣、不乾不脆、令人不舒服的性愛。現在回想起來，那都不是真正的性交。——被丈夫擁抱時，我一直幻想這個人就是木村先生。即使只有一次也好，希望不是夢或幻覺，能夠讓我實際看到木村先生的裸體。……

一月三十日

……今晚又像前天那樣。妻子昏倒在浴室，之後我採取了同樣的行動。最奇怪的是，妻子也同樣喊了「木村先生」。

二月十九日

……敏子搬出去了。最近這陣子每隔三天木村就會來我們家，一起喝白蘭地後，每次我都會昏倒在浴室，敏子應該是看不下去了吧。她似乎誤解了我跟丈夫閨房之間的關係，以為生性淫蕩的人是她父親。「媽媽妳會被爸爸給害死哦。」她這麼警告我後就離開了。

二月二十四日

……連續兩個晚上我都使用了木村帶來的拍立得相機。照片是妻子裸體的正面與背面、身體詳細的各個部分、四肢扭曲擺出各種姿勢，從最蠱惑人心的角度拍攝而成的。我把這些照片貼在我的日記，妻子一定會看到這些照片。屆時她一定會發現自己的姿態之美，理解我為何想看這些姿勢，並對我感到共鳴——說不定還會心存感激。

二月二十七日

看到貼在日記封面的拍立得照片，我知道丈夫已經偷看了這本日記。今後是否應該繼續寫這本日記呢？我想我應該還是要繼續寫下去。今後我要藉由這個方法，間接地跟丈夫對話。直接說太難為情的事情，用這個方法就可以說出口了。

三月三日

我不再使用拍立得。我將用蔡司相機拍攝的三十六張底片交給木村要他洗出來。妻子要是知道自己羞恥的樣子被木村看到，自然就會聯想到丈夫允許她與木村行不義之事。不幸的是，我光是想像這一點就嫉妒得無法忍受，卻又因為嫉妒的快感忍不住想要冒險。

三月十日

眼下這段時間，我被連自己都感到不可思議的欲望驅策著。為了補充精力，我諮詢了相馬博士，每月使用一次男性賀爾蒙，卻還是覺得不夠，於是偷偷瞞著相馬博士，每隔三、四天就注射一次腦下垂前葉賀爾蒙。姑且不論從前如何，現在我變成比妻子還要淫蕩的男人。這樣的幸福無法一直持續下去，我有一種自己是拿命去交換眼下快樂的預感。從床上起身時，眼前的事物看來都變成了兩個影像。我想打電話給木村，卻一直想不起他學校的電話是幾號。試著回想那間學校的校名，卻想不起來。這個狀況一直持續下去的話，總有一天我恐怕無法再擔任大學教授的職務。

三月二十六日。

……我趁著丈夫不在，跟木村先生幽會了三次。即使再怎麼沉迷，我還是守住了最後一道防線。

三月二十八日。

……我在大學的眼科接受檢查。醫生說暈眩是腦動脈硬化的結果。血壓最高兩百以上，最低一百五十六。「這麼說有點失禮，請您節制房事。」相馬博士說道。……眼下的我不願聽從醫師的忠告。既然走到了這一步，就再也沒有回頭的餘地了。

看到貼在日記封面的拍立得照片，我知道丈夫已經偷看了這本日記。今後我要藉由這個方法，間接地跟丈夫對話。

三月三十一日

……昨晚我們夫婦沒有喝酒就睡了。半夜的時候，我在螢光燈的強光照射下，故意將左腳腳尖伸出棉被外。丈夫馬上查覺此事，爬上了我的床。不借用酒精的力量，在強烈燈光下成功完事真的很稀罕。面對這樣的奇蹟，丈夫露出了異常興奮的神色。

三月三十一日

……妻子昨晚給了我驚喜。我很意外她竟然懂得這麼多的技巧和訣竅。……因為眩暈的症狀太強烈，所以我做了血壓檢查。醫生說我的血壓高得快破表，必須馬上停下所有的工作，需要絕對的靜養。

四月十五日

……正月以來致力於滿足妻子的結果，不知不覺間除了淫慾之外，我無法思考其他的事情。腦海裡浮現的都是跟妻子上床的各種幻想。從前不論如何我都不會荒廢讀書，如今連閱讀也停了。現在的我成了只在夜晚活動，除了擁抱妻子以外什麼都不能做的動物。

四月十七日

對我和丈夫而言最嚴重的事件發生了。我如同往常與木村私會，像以往一樣享受了半個禮拜天。我和木村嘗試了各式各樣的祕密遊戲。只要是木村希望我做的事情，我全都答應，因應他的要求擺出各種動作。今天我也將白天與木村演練的遊戲，一一施展在丈夫身上。然後以擁抱木村的同等力道緊抱這個男人，拚命地咬住這個男人的脖子。途中，丈夫的身體突然搖晃，就這麼癱軟在我身上。

六月九日

……丈夫第二次的腦溢血發作，在五月二日的凌晨三點撒手人寰。如今我們的日記「對抗」結束了，其實我從跟他結婚的隔天開始，就養成了經常偷看他日記的習慣。我並非不關注丈夫的生命，而是覺得滿足他不知饜足的性需求更加實際。我想盡辦法讓他遺忘死亡的恐怖，利用「木村這劑刺激藥」，努力煽動他的嫉妒。……我在四月上旬左右下了重大的決心，自認自己的心在木村身上而不是丈夫。我用盡一切手段讓他持續興奮，血壓不斷飆高。直到最後一刻，我對他盡到了身為一個妻子的忠實義務。甚至覺得丈夫依照他本人的意願，幸福地結束了他的人生。

依照木村的計畫，今後找個適當的時期，讓他和敏子結婚，我們三人一起住在這間房子裡，不知敏子是否願意為了顧及世間的體面，為我這個母親犧牲她自己。……

【編者的話】

這部小說男主角的日記曾出現「福克納[8]的《聖殿》讀到一半……」（一月七日）。編者因為這一段話，高中時期即對這位諾貝爾文學獎作家產生興趣，幾乎讀完他所有的作品。對編者而言，〈鍵〉會馬上令人聯想到威廉．福克納的名字。這是令人難忘的「閱讀的連鎖反應」。

8 William Cuthbert Faulkner，1897~1962，美國小說家、詩人和劇作家，為美國文學歷史上最具影響力的作家之一，意識流文學在美國的代表人物。在其40多年的創作生涯中，他寫作了19部長篇小說、125篇短篇小說、20部電影劇本、1部戲劇，約克納帕塔法系列小說是其中的代表。1949年，他因為「對當代美國小說做出了強有力且藝術上無與倫比的貢獻」而獲得諾貝爾文學獎。

美文朗讀聆賞。

五感品味谷崎文學的聲韻與意境

原文&中譯&日文朗讀&重點賞析，全面體會名著之美！

文／齋藤孝（SATIOU TAKASHI）

1960年出生於靜岡縣。東京大學法學系畢業。曾就讀東京大學研究所教育學研究科博士班，後擔任明治大學文學系教授。主攻教育學、身體論、溝通技巧。

極度崇拜女性的文豪

谷崎潤一郎

嗯，男人太有能力的話，往往就會成為被虐狂。這是我高中時代讀了〈痴人之愛〉後的感想。不過，男主角讓治算不上是有能力的男人。他將美少女娜歐蜜（奈緒美）培養成自己心目中的理想妻子，最後卻被她吃得死死的。但這樣的發展有一半其實是出自讓治本人的期望。我這裡所說的「太有能力的男人」並非書中主角讓治，而是谷崎潤一郎本人。谷崎自小就非常優秀。說到這個男人的腦袋到底有多好，讀了谷崎所留下的作品就能一目瞭然。他不僅感覺靈敏，還非常會讀書。他能夠深入解讀資料，精密地磨練創造出屬於自己的文體。

能夠留下如此大量的優秀作品，對谷崎而言，恐怕除了他自己以外的男人都不足為道吧。男人們總是懷抱著要勝過其他男人的想法，他們的嫉妒與競爭心根深蒂固。為了守護自己的自尊心，才會拚了命地貶低其他男人。但谷崎的作品裡卻幾乎感覺不到男人之間的競爭與嫉妒心。男人的注意力，完全放在女人身上。這些女人，有時是像娜歐蜜那樣奔放的女子，有時則是母親。不論是哪一種女性，男人總是朝著崇高的女性之美勇敢前進。谷崎本人應該也覺得男人根本不足為道。他將一切投入了自己終其一生也無法到達的「女性之美」。在他眼中根本沒有其他男人。谷崎老師龐大的知識、情感、思考的能源，完全投注在崇高的女性身上。

當初讓高中生的我無比興奮的〈痴人之愛〉中，也描寫了他對女性瘋狂的執著。讓治想要將娜歐蜜培養成理想的女性，但過度放任她的結果，忍無可忍的讓治終於對娜歐蜜大吼：「妳給我滾出去！」眼中釘娜歐蜜離開之後，讓治鬆了一口氣。但才過了一個小時，他開始異常地想念起娜歐蜜。

椅子(いす)に腰かけてほっと一と息ついたかと思うと、間もなく胸に浮かんで来たのは、さっきのナオミの、あの喧嘩(けんか)をした時の異常に凄(すご)い容貌(ようぼう)でした。「男の憎しみがかかればかかる程美しくなる」と云(い)った、あの一刹那(いちせつな)の彼女の顔でした。それは私が刺し殺しても飽き足りないほど憎い憎い淫婦(いんぷ)の相で、頭の中へ永久に焼きつけられてしまったまま、消そうとしてもいっかな消えずにいたのでしたが、どう云(い)う訳か時間が立つに随(したが)っていよいよハッキリと眼の前に現れ、未(いま)だにじーいッと瞳(ひとみ)を据えて私の方を睨(にら)んでいるように感ぜられ、しかもだんだんその憎らしさが底の知れない美しさに変って行くのでした。

掃一下，聽朗讀

〈痴人之愛〉

〔中譯〕

坐在椅子上稍微鬆一口氣後，腦海突然浮現剛剛我倆吵架時娜歐蜜那張異常有魄力的臉。激烈爭吵那一瞬間，她那張「男人越恨越顯美麗」的臉孔。即使殺了她也不足洩恨的那個淫婦，她那張臉，卻永久地烙印在我的腦海中，想忘也忘不了。隨著時間的流逝，反而更清晰地出現在我的眼前。即使是現在，我仍覺得她那雙眼睛正盯著我，對她的憎惡逐漸轉變成深不可測的美。

失去娜歐蜜的讓治深感後悔，懊悔自己剛才為何不跪在娜歐蜜腳下乞求原諒。娜歐蜜那一瞬間的表情烙印在他的腦海裡揮之不去。這下子讓治完全輸了。況且，娜歐蜜的表情可是非比尋常。

考えて見ると彼女の顔にあんな妖艶（ようえん）な表情が溢（あふ）れたところを、私は今日まで一度も見たことがありません。疑いもなくそれは「邪悪の化身」であって、そして同時に、彼女の体と魂とが持つ悉（ことごと）くの美が、最高潮の形に於（お）いて発揚された姿なのです。

〔中譯〕

仔細一想，以往為止我一次也不曾看過她的臉出現如此妖豔的表情。那無疑是「邪惡的化身」，同時也是將她的肉體與靈魂所擁有的美，以最高潮的方式發揚光大的姿態。

一念及此，讓治腦袋發熱，想起以前讓娜歐蜜坐在他背上的騎馬遊戲，一個

掃一下，聽朗讀

〈痴人之愛〉

人趴在地上四處轉圈圈。還將娜歐蜜的襪子套在兩隻手上，在房間裡爬行。這下子兩人之間的勝負已定。

而且，讓治還製作了以「娜歐蜜的成長」為主題的寫真集。翻看這本寫真集的同時，察覺自己竟讓如此重要的女人逃走的讓治幾近瘋狂。他盯著拍攝娜歐蜜全身各部位的照片，心中產生了莫名的感動。

> ここに至ってナオミの体は全く芸術品となり、私の眼には実際奈良(なら)の仏像以上に完璧(かんぺき)なものであるかと思われ、それをしみじみ眺(なが)めていると、宗教的な感激さえが湧(わ)いて来るようになるのでした。

掃一下，聽朗讀

〈痴人之愛〉

〔中譯〕

事到如今，娜歐蜜的身體完全成了藝術品，在我的眼中甚至比奈良的佛像還要完美。盯著這些照片看時，甚至可以感覺到猶如宗教般的感動油然而生。

想要將美少女教育成自己心目中的理想女性，這是很普遍的男性欲望。但是在谷崎大師筆下，男人一手辛苦培育的女性，查覺自身的美麗所擁有的力量以後，反而不把男人當成一回事。

女性覺察自身力量後態度不變時的魄力，實在相當驚人。讓治找到娜歐蜜後，不但向她道歉，甚至要求她把自己當成馬來騎。

一瞬間、ナオミは私が事実発狂したかと思ったようでした。彼女の顔はその時一層、どす黒いまでに真っ青になり、瞳を据えて私を見ている眼の中には、殆ど恐怖に近いものがありました。が、忽ち彼女は猛然として、図太い、大胆な表情を湛え、どしんと私の背中の上へ跨がりながら、

「さ、これでいいか」

と、男のような口調で云いました。

〔中譯〕

那一瞬間，娜歐蜜似乎覺得我瘋了。她臉色發青，甚至有些發黑，凝視我的那雙眼睛，裡頭包含著近似恐怖的情感。突然的，她露出了大膽的神

掃一下，聽朗讀

〈痴人之愛〉

情，直接跨坐在我的背上，以男人的語調說：

「好，這樣滿意了吧！」

察覺自身美麗所擁有的力量，態度突然轉變的女人。這樣的女性，也出現在谷崎的出道代表作〈刺青〉。刺青師清吉想在某個美麗的女孩身上刺下蜘蛛的刺青。女孩一開始拒絕，清吉說「我要讓妳成為美麗的女人」，用麻醉藥迷昏女孩後，強行在她身上刺青。傾注一切心力完成作品後，清吉這麼說道。

「己(おれ)はお前をほんとうの美しい女にする為(た)めに、刺青(ほりもの)の中へ己(おれ)の魂をうちこんだのだ、もう今からは日本国中に、お前に優(まさ)る女は居ない。お前はもう今迄(いままで)のような臆病(おくびょう)な心を持って居ないのだ。男と云(い)う男は、

掃一下，聽朗讀

〈刺青〉

皆なお前の肥料になるのだ。……」

その言葉が通じたか、かすかに、糸のような呻き声が女の唇にのぼった。娘は次第々々に知覚を恢復して来た。重く引き入れては、重く引き出す肩息に、蜘蛛の肢は生けるが如く蠕動した。

「苦しかろう。体を蜘蛛が抱きしめて居るのだから」

〔中譯〕

「為了讓妳成為真正的美女，我已經在刺青中注入了自己的靈魂。現在全日本國內，沒有一個女人能比得上妳。妳如今已不再像之前那麼膽小。所有的男人，都將成為妳的肥料。……」

也許是這番心意傳達給了女孩，女人的嘴唇發出如細線般的細微呻吟聲。女孩漸漸恢復知覺。她重重地喘著氣，隨著她的動作，背上的蜘蛛猶如活著一般蠕動起來。

「很痛苦吧。因為蜘蛛抱住了妳的身體啊。」

原本應該生氣的女孩，聽了清吉的話，兩眼突然發出光芒。

「親方、早く私に背（せなか）の刺青（ほりもの）を見せておくれ、お前さんの命を貰（もら）った代りに、私はさぞ美しくなったろうねえ」

娘の言葉は夢のようであったが、しかしその調子に何処（どこ）か鋭い力がこもって居た。

掃一下，聽朗讀

〈刺青〉

〔中譯〕

「師傅，快點讓我看看背上的刺青，您犧牲了自己的性命，我一定變得很美吧。」女孩的話猶如夢中囈語，卻蘊藏著鋒利的力量。

女孩對自己的力量覺醒後，她對刺青師傅這麼說道。

「親方、私はもう今迄(いままで)のような臆病(おくびょう)な心を、さらりと捨ててしまいました。——お前さんは真先に私の肥料(こやし)になったんだねぇ」と、女は剣(つるぎ)のような瞳を輝かした。その耳には凱歌(がいか)の声がひびいて居た。

掃一下，聽朗讀

〈刺青〉

〔中譯〕

「師傅，我已經拋捨以往為止膽小的心。——你就先成為我的肥料吧。」

女人閃耀著如同寶劍般銳利的雙眸。耳邊響起了勝利的凱歌。

原本膽小的女孩轉瞬間成了「大器的美女」。自己一手教出來的女人變得太美，反而瞧不起自己。乍看之下似乎是不幸的事情，但是對於一心想要臣服於女性崇高之美的人來說，應該可說是求仁得仁吧。

〈幫間[9]〉這篇短篇小說我也很喜歡。名叫櫻井的男子，自願成為宴會上的小丑，娛樂周圍的客人。明明是老闆的身分，他卻扭著身體擺出醜態討好席間的人。在朋友面前，完全是個搞笑的小丑。

9 於酒席宴飲之間專門取樂眾人，為客人助興的男性藝人。

「ええ、どうか手前へも御祝儀をおつかわし下さいまし。」

屹度こう云います。芸者が冗談にお客の声色を遣って、

「あア、よしよし、これを持って行け。」

と紙を丸めて投げてやると、

「へい、これはどうも有難うございます。」

とピョコピョコ二三度お時儀をして、紙包を扇の上に載せ、

「へい、これは有難うございます。どうか皆さんもうすこし投げてやっておくんなさい。もうたった二銭がところで宜しゅうございます。親子の者が助かります。兎角東京のお客様方は、弱きを扶け、強きを挫き……」

と、縁日の手品師の口調でべらべら弁じ立てます。

掃一下，聽朗讀

〈幫間〉

〔中譯〕

「好的，請大老爺賞給小的一點東西吧。」

他每次一定會這麼說。藝妓就開玩笑地使用客人的語氣說道：

「啊，好吧。這個就賞給你吧！」

然後把紙揉成團拋出去。

「是哩，感激不盡啊。」

他鞠了好幾個躬，接著將紙團放在扇子上，

「是哩，真的非常感激您啊。請各位大老爺們再多賞一點吧。就算只有兩錢也好。我們一家子都會感激您。尤其我聽說東京的客人們特別喜歡鋤強扶弱……」

他以廟會雜耍的語氣滔滔不絕地說著。

自甘降位為宴席藝人所看到的世界，和老闆們眼中的世界完全不同。脫離自尊心的束縛，娛樂眾人就是他的幸福。仔細想想，這實在是奇怪的嗜好。沒有某種程度的智力，其實很難取悅客人。故意降低自己的身分裝傻，也許是腦袋好的人才能夠體會的快感吧。

這篇名叫〈幫閒〉的作品全篇，流淌著悠閒的空氣。這是從前的日本社會才擁有的和緩時間流動。然後，細細品味在這樣的時空背景下交錯的人們的情感。能讓讀者享受如此纖細且和緩的氣氛，可說是谷崎文學最大的魅力。〈刺青〉的開頭有這麼一段文字。

それはまだ人々が「愚（おろか）」と云（い）う貴い徳を持って居て、世の中が今のように激しく軋（きし）み合わない時分であった。

掃一下，聽朗讀

〈刺青〉

〔中譯〕

在那個時代，人人以「守愚」為美德，世間不像現今如此傾軋紛亂。

櫻井在世人眼中看來也許不過是個怪人，但若將他視為已失落的珍貴悠閒時間的繼承人，他就擁有了截然不同的價值。櫻井習得了各種傳統的技藝，就連用字遣詞也完美地依循傳統。舊日的日本、特別是上流社會所擁有的這種和緩氛圍，在〈細雪〉這部作品中更是被描寫得猶如畫卷一般優美。故事背景是昭和一〇年代關西的上流社會。美麗的四姊妹們生動的對話如下。

「中姉（なかあん）ちゃん、その帯締めて行くのん」

掃一下，聽朗讀

〈細雪〉

と姉のうしろで妙子(たえこ)が帯を結んでやっているのを見ると、雪子(ゆきこ)は云(い)った。

「その帯、――あれ、いつやったか、この前ピアノの会の時にも締めて行ったやろ」

「ふん、締めて行った」

「あの時隣に腰掛けてたら、中姉(なかあん)ちゃんが息するとその袋帯がお腹(なか)のところでキュウ、キュウ、云(い)うて鳴るねんが」

「そやったか知らん」

「それが、微(かす)かな音やねんけど、キュウ、キュウ、云(い)うて、息(いき)する度(たび)に耳について難儀したことがあるねんわ、そんで、その帯、音楽会にはあかん思うたわ」

「そんなら、どれにしょう。――」

〔中譯〕

「中小姐，妳要繫那條腰帶去嗎？」

看著站在姊姊身後幫忙綁腰帶的妙子，雪子問道。

「那條腰帶——啊，是什麼時候呢，之前參加鋼琴音樂會的時候，妳就是繫那條去的吧。」

「哼嗯，就是那條吧。」

「當時我坐在妳身邊，中小姐每次呼吸的時候，那條腰帶的腹部附近就會發出嘟、嘟的聲響呢。」

「有嗎？我怎麼不記得。」

「那個聲音雖然很小，但每次呼吸時都會傳來嘟、嘟的聲響，真的很傷腦筋。所以我覺得那條腰帶不適合音樂會。」

「這樣的話，該繫哪一條才好呢。——」

姊妹間自然的對話，生動地表現了日常生活中使用關西腔說話的一幕。感覺這群姊妹就在自己的周遭說話那般，非常自然。這種利用關西腔表現的自然，是谷崎刻意學會的技巧。谷崎出生於東京都日本橋，自關東大地震[10]後才移居到關西。他從關西的氛圍與用字遣詞，感受到了日本的傳統之美。

姊妹們排成一排賞櫻的畫面描寫，更是華麗。日本人從《古今和歌集》那個時代開始，就詠頌了數千首有關櫻花的詩歌。也許在少女眼中看來，那些和歌極為平凡。

四姊妹中排行第二的幸子是這麼想的。

10 1923年（大正12年）9月1日日本時間上午11時58分，發生在日本關東平原的地震災害，芮氏規模高達7.9。這次地震對東京、橫濱這兩個日本大城造成毀滅性的破壞，受災範圍廣及整個關東地區。這次自然災害所造成的損失是日本戰前最嚴重的一次。

——少女の時分にはそれらの歌を、何と云う月並なと思いながら無感動に読み過ごして来た彼女であるが、年を取るにつれて、昔の人の花を待ち、花を惜しむ心が、決してただの言葉の上の「風流がり」ではないことが、わが身に沁みて分るようになった。そして、毎年春が来ると、夫や娘や妹たちを誘って京都へ花を見に行くことを、ここ数年来欠かしたことがなかったので、いつからともなくそれが一つの行事のようになっていた。

〔中譯〕

——少女時代讀到這些和歌，幸子只覺得平凡無奇，沒有絲毫感動。但隨著年紀漸長，她開始深深體認到古人的愛花之情、惜花之心，絕非是言語

掃一下，聽朗讀

〈細雪〉

上的「故作風流」。每年春天到來，邀丈夫、女兒、妹妹們一起到京都賞花，已經成為這幾年來不可或缺的固定活動。

每年都重複同樣的事情，看似平凡無奇，但人的心境會隨著年華老去逐漸改變。在憐惜落花的同時，也會產生不知一家人還能像這樣一起賞花到何時的感傷，更加珍惜家人之間的羈絆。四季更迭，但今年的春天不再是去年那個春天。賞花成了人生中最重要的活動。這樣的生活，是極具日本風格的生活方式。

對幸子而言，賞的若不是京都的花就不算是真正地賞花。在南禪寺用餐、賞祇園的夜櫻、在旅館住宿一晚、隔天從嵯峨前往嵐山、最後看平安神宮的櫻花。這樣的賞櫻行程才能代表京都的春天。在賞花上耗費如此巨大的期待與精力的生活方式，雖然沉靜，就某個層面而言，可以說是極為重視感官的生活。

されば、彼女たちは、毎年二日目の午後、嵯峨(さが)方面から戻って来て、まさに春の日の暮れかかろうとする、最も名残(なごり)の惜しまれる黄昏(たそがれ)の一時(ひととき)を選んで、半日の行楽にやや草臥(くたび)れた足を曳(ひ)きずりながら、この神苑(しんえん)の花の下をさまよう。そして、池の汀(みぎわ)、橋の袂(たもと)、路(みち)の曲り角、廻廊の軒先、等にある殆(ほとん)ど一つ一つの桜樹の前に立ち止って歎息(たんそく)し、限りなき愛着の情を遣(や)るのであるが、蘆屋(あしや)の家に帰ってからも、又あくる年の春が来るまで、その一年じゅう、いつでも眼をつぶればそれらの木々の花の色、枝の姿を、眼瞼(まぶた)の裡(うち)に描き得るのであった。

〔中譯〕

然後，她們在每年第二天的下午，自嵯峨回來，選擇春日的日暮時分，

掃一下，聽朗讀

〈細雪〉

最令人流連忘返的黃昏時刻，拖著因為半天的玩樂而稍微疲倦的腳，徘徊在神苑的櫻花樹下。池塘邊、橋邊、路上的轉角、迴廊的盡頭，她們停在每一株櫻花樹下嘆息，表達對這些花的無限喜愛與愛護之情，回到蘆屋的家後，直到隔年春天到來為止這一整年的時間，只要閉上眼睛，那些櫻花的顏色、枝枒的形狀就會出現在眼底。

因為這群姊妹實在太美，前來賞花的其他客人，以櫻花為背景拍下她們的照片。其中某人拍下的照片真的非常美麗。

それはこの桜の樹（き）の下に、幸子と悦子（えつこ）が佇（たたず）みながら池の面に見入

掃一下，聽朗讀

〈細雪〉

っている後姿を、さざ波立った水を背景に撮ったもので、何気なく眺めている母子の恍惚とした様子、悦子の友禅の袂の模様に散りかかる花の風情までが、逝く春を詠歎する心持を工まずに現わしていた。以来彼女たちは、花時になるときっとこの池のほとりへ来、この桜の樹の下に立って水の面をみつめることを忘れず、且その姿を写真に撮ることを怠らないのであった……

〔中譯〕

那是在這棵櫻花樹下，幸子與悦子兩人駐足欣賞池塘水面的背影，襯著波光粼粼的水面拍下的照片，母女倆眺望池面時那恍惚入迷的神情、悦子友禪的衣袖上飛散的落花圖樣，在在表現了詠嘆春天逝去的感動之情。自那時起，她們每到了賞花季節都會來到池畔賞花，同時不忘站在這棵櫻花樹下凝望水面，並將這樣的景緻拍下來……

年年採取同樣的行動，彷彿就像地球遵守正確的週期繞著太陽運行那般。四時節氣在生活中佔有極大比重，這樣的生活方式以現在看來別具風情。正因為人們會不斷地改變，所以更要盡量養成規律的生活習慣。這麼做就可以獲得安心的感覺。當一行人看到平安神宮享譽盛名的紅垂枝櫻，心中總是忍不住悸動。心想著時候不早了，姊妹們穿過櫻花樹下的一道道門。

> 忽ち夕空にひろがっている紅の雲を仰ぎ見ると、皆が一様に、
> 「あー」
> と、感歎の声を放った。この一瞬こそ、二日間の行事の頂点であり、この一瞬の喜びこそ、去年の春が暮れて以来一年に亘って待ち続けていたものなのである。彼女たちは、ああ、これでよかった、これで今年もこの花の満開に行き合わせたと思って、何がなしにほっとすると同

掃一下，聽朗讀

〈細雪〉

時に、来年の春も亦この花を見られますようにと願うのであるが、幸子一人は、来年自分が再びこの花の下に立つ頃には、恐らく雪子はもう嫁に行っているのではあるまいか、花の盛りは廻って来るけれども、雪子の盛りは今年が最後ではあるまいかと思い、自分としては淋しいけれども、雪子のためには何卒そうであってくれますようにと願う。

〔中譯〕

姊妹們抬頭仰望黃昏天空一整片的紅雲，一齊發出「啊——」的感嘆之聲。這一瞬間正是長達兩日的賞花活動的最高潮。這一瞬間的喜悅，正是自去年春天以來長達一整年一直在盼望等待的。啊啊，這真是太棒了，今年也趕上櫻花盛開的時節！她們在心中默默鬆了一口氣，同時期盼明年春天也能再次看到如此美麗的花，唯獨幸子一人暗自感傷，明年自己再站在這片花下時，雪子恐怕已經嫁人了吧，花的盛期明年會再來，但雪子的盛年今年會不會是最後一年？雖然覺得孤單，但為了雪子著想，還是希望她在明年之前就能找到好婆家。

雪子雖然是四姊妹中最美的，親事卻一直談不攏，年過三十仍小姑獨處。姊姊幸子就像母親一樣擔心妹妹雪子的將來。這個段落可以讓人看到姊妹的親情。花的盛開期與女人的全盛時期，看似互相重疊，卻隨著時間的流逝逐漸偏移。〈細雪〉中充滿了許多讓人想拍攝成電影的豐富情感描寫。

點綴四季的花的記憶與人的記憶，兩者重疊，形成了日本人的心象風景。越是沉浸在谷崎的作品，這樣的感覺就越是深刻。對人的記憶，特別是對難忘女性的記憶，隨著花朵一起甦醒。〈少將滋幹之母〉描寫的是幼年時期與母親分開的兒子，一直將母親的身影深藏心中，時隔四十年後母子重逢的故事。小說的最後一幕，簡直如同幻境一般優美。

「お母さま」

と、滋幹はもう一度云った。彼は地上に跪いて、下から母を見上げ、彼女の膝に靠れかかるような姿勢を取った。白い帽子の奥にある母の顔は、花を透かして来る月あかりに暈されて、可愛、小さく、円光を背負っているように見えた。四十年前の春の日に、几帳のかげで抱かれた時の記憶が、今歴々と蘇生って来、一瞬にして彼は自分が六七歳の幼童になった気がした。彼は夢中で母の手にある山吹の枝を払い除けながら、もっともっと自分の顔を母の顔に近寄せた。そして、その黒染の袖に沁みている香の匂に、遠い昔の移り香を再び想い起しながら、まるで

掃一下，聽朗讀

〈少將滋幹之母〉

甘えているように、母の袂（たもと）で涙をあまたたび押し拭（ぬぐ）った。

〔中譯〕

「母親。」

滋幹又喊了一聲。他跪在地上，由下往上仰視母親，靠著她的膝蓋跪著。白色尼帽深處母親的那張臉，被透過花朵的朦朧月光暈染，彷彿背負了一輪小小的、可愛的圓光。四十年前的春日，在屏風的暗處被母親懷抱的記憶，如今一一甦醒，那一瞬間他覺得自己彷彿成了六、七歲的幼童。他著迷地推開母親手中握著的棣棠花枝，想讓自己的臉湊近母親的臉。墨染衣袖上的衣香，讓他想起遙遠過去的香氣，他彷彿在撒嬌一般，用母親的衣角不斷擦拭臉上的淚水。

這段文字正中了日本人情感中最深處的部分，讀了令人心脾俱醉。對母親永遠的戀慕，當然存在於各國的文化中，但這份感情在日本人的情感中占有相當大的比例。若由平庸的人寫來，的確顯得平凡無奇，但谷崎的作品因為其文體的格調極高，情感的流瀉就像花朵一樣自然綻開。

說到谷崎最適合朗誦閱讀的作品，我最後強力推薦的是〈春琴抄〉。這個故事相當有名，是佐助對眼盲的三味線師傅春琴全心奉獻的愛情故事。春琴是極富天才的三味線演奏家，個性難相處又偏激。但春琴的美貌非常人能及。身為名門望族的大小姐，春琴的自尊心極高，因此瞧不起代代在她家為僕的佐助，只把他當作下人看待。

佐助深受春琴的美貌與三味線的天才造詣吸引，全心全意地服侍她。佐助大春琴四歲，在十三歲那年來到春琴家工作。年幼的春琴在教導佐助三味線時毫不留情。經常對他加以斥罵甚至毆打頭部，屢屢讓佐助痛得哭出聲來。因此，春琴的父母警告她不要對佐助太過嚴苛。

佐助は何という意気地なしぞ男の癖に些細なことに怺え性もなく声を立てて泣く故にさも仰山らしく聞えお蔭で私が叱られた、芸道に精進せんとならば痛さ骨身にこたえるとも歯を喰いしばって堪え忍ぶがよいそれが出来ないなら私も師匠を断りますと却って佐助に嫌味を云った爾来佐助はどんなに辛くとも決して声を立てなかった。

〔中譯〕

佐助你真是沒出息，明明是個男人卻因為一點小事就忍不住哭出聲來故意讓別人聽到，害我被責罵。想要在才藝這條道路上精進，就應該咬牙忍住

掃一下，聽朗讀

〈春琴抄〉

痛苦才對。連這點小事都辦不到，那我不要當你的師傅了。反倒變成她向佐助抱怨。自那以後，佐助無論再怎麼痛也絕不哭出聲來。

這段文字雖然是現代文的文體，讀起來卻很像古文。

主要是因為「佐助你真是沒出息，明明是個男人卻因為一點小事就忍不住哭出聲來故意讓別人聽到，害我被責罵。想要在才藝這條道路上精進，就應該咬牙忍住痛苦才對。連這點小事都辦不到，那我不要當你的師傅了。」這一段是春琴對佐助說的話。感覺就像是在讀《源氏物語》的感覺[11]。

真不愧是出自將《源氏物語》翻譯成現代文的谷崎所寫的文體。

故事的高潮是春琴的臉被嚴重燒傷之後的那一幕。平時爭強好勝的春琴因為這起事件自尊心完全崩潰。佐助為了不看到春琴的臉，竟拿針刺瞎自己的雙眼，

11 日本的物語文體特色是行文流暢，並不多使用標點符號，也不強調主詞。

完全失明。

程経て春琴が起き出(い)でた頃手さぐりしながら奥の間に行きお師匠様私はめしいになりました。もう一生涯お顔を見ることはござりませんぬと彼女の前に額(ぬか)ずいて云(い)った。佐助、それはほんとうか、と春琴は一語を発し長い間黙然(もくねん)と沈思(ちんし)していた佐助は此(こ)の世に生まれてから後にも先にも此(こ)の沈黙の数分間程楽しい時を生きたことがなかった……

〔中譯〕

等到春琴差不多已經起床，佐助才摸著牆走到裡面的房間說，師傅我看不見了。這一輩子我都看不到您的臉了。他跪伏在春琴面前說道。佐助，此

掃一下，聽朗讀

〈春琴抄〉

話當真？春琴說完這句話後，久久不發一語，沉思良久。這數分鐘的沉默對佐助而言，是打從他出生以來最為喜樂的時間。

佐助以行動對春琴表示自己眼中只有春琴昔日的美貌，希望今後還是由他繼續服侍春琴。春琴與佐助師徒兩人從此心意相通。

春琴の顔のありかと思われる仄白い円光の射して来る方へ盲いた眼を向けるとよくも決心してくれました嬉しゅう思うぞえ、私は誰の恨みを受けて此のような目に遭うたのか知れぬがほんとうの心を打ち明けるなら今の姿を外の人に見られてもお前にだけは見られとうないそれをよ

掃一下，聽朗讀

〈春琴抄〉

うこそ察してくれました。あ、あり難うござり升そのお言葉を伺いました嬉しさは両眼を失うたぐらいには換えられませぬお師匠様や私を悲嘆に暮れさせ不仕合わせな目に遭わせようとした奴は何処の何者か存じませぬがお師匠様のお顔を変えて私を困らしてやると云うなら私はそれを見ないばかりでござり升私さえ目しいになりましたらお師匠様の御災難は無かったのも同然、折角の悪企みも水の泡になり定めし其奴は案に相違していることでございましょうほんに私は不仕合せどころか此の上もなく仕合せでござり升卑怯な奴の裏を掻き鼻をあかしてやったかと思えば胸がすくようでござり升佐助もう何も云やんなと盲人の師弟相擁して泣いた

〔中譯〕

當他將盲眼朝春琴臉部方向望去，依稀只見白色圓光射來，耳朵聽到春琴説，謝謝你下了這麼大的決心。我非常高興。我不知遭誰的怨恨變成這副模樣。老實説我現在這副模樣即使被別人看到，也絕不想被你看到。謝謝你體察我的心意。謝、謝謝師傅。聽到您這番話我真的非常開心，就算要我拿兩隻眼睛去換也心甘情願。雖然不知想害師傅和我不開心的人是何方歹人。若對方想藉由改變師傅的容貌來讓我痛苦，那我就乾脆不看。只要我也變成了瞎子，師傅所遭遇到的災難就等於毫無意義。如此一來，對方的計畫就無法得逞。那些惡人一定會嚇一大跳吧。我非但沒有遭遇不幸，反而變得比之前更加幸福。一想到可以這樣反擊那些卑鄙的傢伙，心裡就覺得很痛快。佐助，別再説了。眼盲的師徒二人相擁而泣。

這正是日本傳統的文體。

完全不使用標點符號和引號，主詞任意地更換。朗讀這樣的文章，會有一種意識隨著文字跳動的感覺。文字的起伏，就此引發感情的起伏。這是唯有日本的傳統文體才能表達的技巧。谷崎潤一郎終其一生，都在努力讓這樣的傳統文體成為自己的寫作風格。

當神童的才能持續精進至此，偉大的文豪於焉誕生。

名家共鳴。

桐野夏生、本上まなみ、林水福與谷崎潤一郎的邂逅！

當代名家與昭和文豪激盪出的文學火花

戀足癖、SM戀、同性戀、與人妻的不倫戀、老年性慾……谷崎潤一郎總愛描寫男女之間扭曲的關係。本章邀請日台知名作家，聊聊他們心目中的谷崎作品，以及谷崎文學最吸引他們的特質。

谷崎筆下的婚姻

——被肯定的女性欲望

文／桐野夏生

一九五一年生於金澤。一九九九年以〈柔嫩的臉頰〉贏得直木賞，二〇〇三年以〈異常〉贏得泉鏡花賞，二〇〇四年以〈殘虐記〉贏得柴田鍊三郎賞。

學生時期，我曾想要一讀外界稱之為谷崎潤一郎「傑作」的那幾部小說，但多次嘗到挫折感。唯一能讓我興味十足讀完的，只有〈廚房太平記〉。為什麼我讀谷崎的小說會感到挫折呢？最近我重新讀過的感覺是，著作中的大阪腔，多到足以用「過剩」稱之。

谷崎在〈我所見到的大阪及大阪人〉這篇散文中，曾以樂器比喻「女人的聲音（用詞）」，來比較東日本與西日本的女人。

「東京女性的聲音，姑且不管好或壞，是三弦曲中三味線的音色，（中略），要說清麗是很清麗，但缺乏寬度、缺乏厚度、缺乏弧度，而且最重要的是，缺乏黏著度。所以對話都很精確、明瞭，文法非常正確，卻缺乏言外之趣、沒有弦外之音。」谷崎用這樣的文字狠狠地批評。此外他又斷然表示，「暫且不論性方面的吸引力，當東京的女人以對抗男人般的心情與之唇槍舌戰時，確實是大膽而露骨，毫不掩飾地極盡諷刺與揭瘡疤之能事，很能堅持自己的立場，但若要當成『女人』來看待她們的話，還是大阪女人比較有魅力，比較引人著迷。」

接著他又寫到，「大阪的女性，就像三弦曲藝『淨瑠璃』或是本地歌謠裡的三味線一樣，不管曲調再怎麼高亢，其聲音的背後，必定會有情趣在，有光艷在，有溫情在。（中略）也就是對我來說，東京的女性不讓我覺得她們是女性。」繼而他又極力稱讚道，「就算聊些有關性的情色話題，關西的女人也很懂得如何文雅地隱約表達出來的技巧。假如是用東京話講，無論說什麼都會變得非常露骨，因此良家婦女之類的人很少把那樣的事宣之於口；但是在這邊，就未必是如此了。就算是個尋常人，一樣能夠拐彎談論，不失文雅。光是拿這樣的事找尋常人聊，都讓我感受到一股奇特的魅力。」

那時的我並未讀到這篇散文，但身為一個居住在谷崎用「不讓我覺得是女性」來形容的「共通語圈」（東京語圈）的女性，或許還是能夠隱約感受到谷崎對於關西女性的偏愛吧。而年輕時候的我，對於作家有這樣的偏愛，感覺很沒意思。

〈細雪〉一書，以「么小姐，請妳幫個忙。——」開頭，書中的四姐妹是大阪商人的千金。始終以住在蘆屋的律師夫人的第一人稱敘述的〈卍〉的開頭是這麼寫的：「律師，今天我是打算把一切都告訴您，才來找您的，適逢您在工作，不知道是否妨礙到您？」〈食蓼蟲〉裡，也出現了一個「生於京都、文靜、不管別人對她說什麼，她都回答『好，好』，彷彿沒有靈魂般的女子」。

這幾種角色，都讓我很不自在。不僅讀起來很花時間，也不太懂作者想表達的是什麼。雖然書中確實營造了某種氛圍，但讀著讀著，慢慢的就會讓人覺得很煩膩。所以這麼說雖然失禮，谷崎的大阪腔作品，在我看來不過是「被關西女人所騙的男人」所寫的小說。我特別討厭的是「哼嗯」這個音。例如，〈細雪〉的一小段：

「這條腰帶——欸，是什麼時候繫的？之前鋼琴會的時候妳也繫了去，對吧？」

「哼嗯，我繫了去。」

像這樣的東西不斷出現。雖然我可以想像，它不是「嗯」那種強烈的同意，而是發出「哼嗯」的聲音，好像穿過鼻子般、發音柔和的字眼，但對於我這個東京女生來說，谷崎所講的那種就連柔弱的聲音裡都漂散著的「情趣」、「光艷」，或者是「溫情」，都只讓我覺得是模稜兩可的表達。此外，「哼嗯」這樣的用詞，我也很不習慣。寫成「哼嗯」的時候，會變成用鼻子冷笑，或是在生氣的意思。就是因為必須賦予「情趣」或「言外之趣」等意義並加以想像，才會讓人感到疲累。由於這樣的小事，那時我說什麼都難以融入谷崎的小說世界。

年輕的我就是這麼一個容易膩的淺薄讀者。但讀書這樣的體驗，有趣之處不就在於反映出當時的自己？雖然小說本身依然是不變的存在，但隨著讀者自己改變，小說的世界也會跟著改變樣貌。過去覺得不對頭而沒再讀下去的我，就是一個那種程度的讀者。

經過一段歲月，累積了各種經驗、年齡也有所增長的我，開始重新閱讀起谷崎潤一郎的小說。於是我發現，與其說谷崎「被關西女人給騙了」，不如說是他刻意「去那裡給人騙」。一個真正英勇的男人，獨自挺身矗立——這才是谷崎潤一郎這個作家真正的模樣。再次相遇的谷崎，如今仍持續吸引著我。年輕時的那股不適感與厭惡，事實上也成為了認識作家所必須走過的道路。

年輕的讀者，沒必要勉強自己去讀不喜歡的小說。不喜歡的話，只要想想到底哪裡不喜歡也就夠了。有時候，不喜歡的點，可能正是那位作家作品的核心。日後等到自己年歲漸長，再重新找來閱讀即可。假如沒再找來看，也不必在意。小說與讀者間是靠緣分連結起來的。讀者得花一輩子的時間，才總算能弄清作家真正的模樣。

谷崎在關東大地震後搬到關西。身為一個腦子靈光的西歐近代主義者，關西這片土地看在他的眼裡，就像是遭到老舊的規矩束縛住似的；但事實上那卻是個深奧的世界。一個外側被名為舊規的牢靠制度圈圍起來的地方，它的內側應該會建立起多座存放情感的庫房。谷崎就像西洋人看到昔日日本的美好模樣那般，享受著關西的文化。他的小說之所以異常璀燦，也是在他搬到關西居住後的事。因為，在一個束縛人們的制度裡，人的情感是在封閉的環境中成長，彼此之間不尋常地相互纏繞，形成了扭曲。而描繪出那種扭曲的，就是小說。

亦即，谷崎的第六感認為，假如是在一個像東京上班族的家庭那樣，時髦而開明的環境裡，將不會長出肉欲的嫩芽或產生扭曲。所以他講的「要說清麗是很清麗，但缺乏寬度、缺乏厚度、缺乏弧度，而且最重要的是，缺乏黏著度。所以對話都很精確、明瞭，文法非常正確，卻缺乏言外之趣、沒有弦外之音」不光是形容東京女性而已，或許也是指那些描寫說著共通語、在東京生活的人們的小說。

這次趁著寫這篇稿子的機會，我重新讀過了谷崎的小說叢書，結果有了新發現。谷崎一直都在針對婚姻關係寫東西。所謂的婚姻，也是一個把欲望封閉起來的箱子。谷崎入迷地寫著在其中發生的男人與女人的故事。

例如，〈痴人之愛〉寫的是月薪一百五十圓的上班族河合讓治與美少女娜歐蜜間奇特婚姻生活的故事。那是一個男子因為喜歡娜歐蜜這個別緻的名字、深深著迷於她的身體，就算被耍得團團轉，也同樣算是「幸福」的生活。娜歐蜜也成了後來在谷崎的小說裡一再出現的惡女典型（〈卍〉的光子、〈細雪〉的妙子），她們那種忠於自身欲望的模樣，有其與現代相通的普遍性。儘管如此，那樣的女人放到現在也不算什麼惡女了，只是極其平凡的女性。

〈卍〉的女主角園子也是個年輕的律師夫人。雖然作品看起來是在描寫已婚的她與光子之間的同性愛，但其實也是在寫園子與丈夫間的婚姻生活。此外，〈食蓼蟲〉講的也是一對苦惱於性生活不協調的夫妻的故事；〈春琴抄〉講的也是門不當戶不對的男女白頭偕老的純愛故事。要稱之為婚姻關係，也無妨吧。春琴這名女子始終都表現出強烈的自我，佐助則愛上了她那副非比尋常的惡女模樣。谷崎藉由描寫超出社會常識範圍的女性，把男性推上了頂點。

重新讀過的〈細雪〉格外地有趣，但這也是因為我察覺到，貫穿整本小說的主題其實是與婚姻相關的糾纏使然。首先，置於中間位置的是幸子與貞之助夫妻，他們為了幫兩個未婚的妹妹安排相親而奔走。在〈細雪〉中描寫的關西上流階級的婚姻，其實也是一種重要的經濟行為，自己喜歡的類型是其次，重點是透過挑選的對象，能為女方爭取到何種程度的生活保障。結婚之後，看是像〈食蓼蟲〉那樣猛盯著彼此的欲望而分離，或是像〈鍵〉那樣逐漸扭曲。所謂的相親結婚，似乎也是一種感官的行為。

尤其是〈鍵〉，它是我最喜歡的小說。在婚姻制度裡，男人與女人的扭曲格外醒目。為得到性的享受，一對夫妻彼此偷看對方的日記。妻子郁子「為了先生，雖然『迫不得已』，卻還是盡力照著去做」。郁子裝出一副好像對先生言聽計從、有如「貞潔女子榜樣」的樣子，但事實上，她早已悄悄醞釀出足以超過先生欲望的深切欲望。雖然她看起來對於先生設計的遊戲心不甘情不願，事實上卻非常樂在其中，真是個淫婦。假如相親結婚可以潛藏著這麼大的快樂，或許戀愛結婚的人真的是愚蠢透頂。

谷崎一向都不寫貞潔女子。他反而是肯定女性的欲望，描寫男性因為女性的欲望而變了個人的樣子。因此，身為男性的谷崎，才會逐漸成為重要而深刻的存在。但谷崎寫的故事，外部的框架出乎意料地健全。所描寫的經常都是一對男女，也就是夫婦之間發生的事。在現實人生中梅開三度的谷崎，毫無疑問經常在思考關於婚姻的事。因此，假如他被冠上「唯美派」、「惡魔派」之類的稱號，這樣的諷刺會讓我不由得會心一笑。

貓與庄造與兩個女人與我和谷崎潤一郎

——令人上癮的谷崎文學

文／本上まなみ

一九七五年生於東京，在大阪長大。女演員，同時也是眾所周知的讀書家。著有《本上的晾曬》、《本上的日曬乾燥》等書。

「老公，你似乎覺得貓比我還重要耶。」

「欸，妳怎麼會這樣講呢。……」

「那你的意思是，我比較重要嗎？」

「這還用說嗎！問這也太荒唐了，真的是！」

「你不要只有嘴巴這麼講，證明給我看啊。不然我才不相信像你這樣的傢伙。」

「那明天開始我不買竹筴魚了。喂，這樣妳就沒話說了吧。」

谷崎潤一郎這個人，好像很愛貓啊。

那是距今十五年前，我國二夏天的事。我在文庫本書區買到〈貓與庄造與兩個女人〉這本書時，對他最初的印象。

我從很久以前就喜歡書店，雖然一有人要我交「讀書感想」或是相關的「作業」時，我就會突然感到很沒勁，但無論是那時還是現在，書店都是一個讓我心情平靜的地方，我很喜歡。打從小學的時候開始，我就會到這座充滿香氣的森林裡閒晃，也非常樂在其中，比如說找一找有沒有書名中帶有「動物」的書。那就好像乘著船在巡遊叢林一樣。

假如我跑到圖鑑或寫真集的書區，肯定能找到名稱中有「動物」的書，但是那樣的冒險感就比較低；反倒是在意想不到的地方找到這樣的書，會讓人開心得多。

那時我找到這本書時也一樣，雖然是常在課本裡看到、名字也很酷的「谷崎潤一郎」大師的作品，但因為深受書名的吸引，我還是決定買了。國中時期，光是購買文庫本這件事，就已經足以自豪了。紅色與金色的封面設計，看起來也很有智慧。那時的價格大概不到三百圓吧，真的是很幸運。

一小時又二十五分後。

那個，這本書亂好看一把的。

我沒騙人，真的是一部很棒的小說。

但這本書早已廣為世人所熟知，就算我再講這樣的話，也不會有什麼影響，可是它真的很好看哩！就好像你去探險，把喜歡的石子撿回來，結果發現它竟是世間少有的化石，或者像是你原本以為別人送你的只是普通的羊羹，卻發現裡頭還包了栗子一樣。（到底是什麼樣的感覺啊？）

以前我原本就有個癖好，一旦發現自己喜歡的好看的書，就會很想大聲朗讀出來。這本書讓我這個癖好復活了呢。尤其是前妻品子與新婚妻子福子的台詞，我都很仔細地讀了出來。

「再騙啊你。你一開始就打算給莉莉吃，明明自己不喜歡的東西也說喜歡對吧！而且最重要的，把莉莉給打發走吧。別讓那隻貓待在這裡是最好的。」

把莉莉給打發走吧。

真是一句既滑稽又美妙的台詞！

接下來稍微介紹一下這本小說的大綱好了。

庄造很溺愛莉莉這隻貓。他的家人有太太福子以及自己的母親。已和他分手的前妻品子對庄造還有依戀，很想設法讓他再回頭找自己，最後想到了一個方法。她寫了一封信給福子，說想要養那隻貓。

書的開頭就是這封信，但這封信其實寫得有些死纏不放又狡詐。內容是品子自顧自地講個不停，絲毫不給人喘息的時間。一下子裝可憐，一下子哀求，一下子奉承，一下子又略帶嚇唬，讓對方感到不安。也堪稱是寫信時的範本。

信的意思是，「照這樣下去，不久妳就會像我一樣，受到連貓都不如的對待唷。在變成那樣之前，快把莉莉弄遠點，怎麼樣？」

福子雖然對於照著先生前妻指示行動甚感不快，但先生對貓的痴迷程度，卻也讓她感到厭膩。

「雖然妳這麼說，但妳怎麼明知她會被虐待，還要把她送到那種地方去呢？請妳別講那麼殘忍的話。喂，算我求妳，別那樣子講……」

「哼你看吧，你果然還是比較重視貓，不是嗎？如果你不設法把莉莉處理掉，那就讓我走吧。」

「妳在講什麼蠢話！」

「人家不喜歡有人把我和畜生一視同仁。」

於是，最後他們還是把貓趕出家門了。這下可糟了。

成功把貓弄到手的品子，在家裡養著養著，慢慢地受到了莉莉的吸引……這下可糟了。

庄造偷偷跑到品子家來窺看……這下可糟了，太糟糕了。

幾個人類圍繞著一隻貓認真地互相攻防——這樣的故事設定真的非常有趣。都老大不小的人了，那種認真的樣子，真的是很滑稽哩。

而且，在這部作品中，關西腔達到了畫龍點睛的「笑」果。做先生的態度含糊，做太太的一直抓包，呈現出有緩有急的節奏感。

或許由於我是關西人，讀來格外感到暢快。不，大家想必也都是這樣對吧？大家也會想要出聲讀看看對吧？

〈貓與庄造與兩個女人〉這本書的發表時間，似乎是作者與二度婚姻的丁未子夫人離婚、和松子夫人結婚一年後的事。

得知這樣的背景後，就能理解為何書中會有那麼真實的人物描寫了。由此可知，他是把自己的人生昇華為藝術創作了吧。而且作者結識松子夫人後，也催生出〈細雪〉這部名作。

雖然現在我在這裡寫得好像自己懂很多，但這些事我其實都是後來才知道的。一旦喜歡一部作品，就會在意起作者的其他作品。在我讀了他幾部著作的過程中，也對作者產生了興趣。從原本看的小說，變成也有興趣讀他的散文（隨筆），而且也很想知道作者身邊那些人講過些什麼話……。沒錯，就像是成為某位音樂家的粉絲後，就會想要把他的ＣＤ一張一張買回家一樣。

於是我就這樣成了谷崎的粉絲。看了他如同紀行文般的小說〈吉野葛〉，我夢想著旅行；看了〈痴人之愛〉，我為書中的男子焦急；〈刺青〉的世界令人害怕；〈鍵〉的內容色色的，我都是偷偷摸摸讀的……。

我連《新潮日本文學相簿》都弄到手，也查探了他身邊的狀況。

谷崎的母親是個美人，足以印刷到當時的浮世繪上；他的初戀對象是寄宿處的幫傭小姐；他受到那位永井荷風的大力稱許而成為人氣作家；他是個美食家，而且非常能吃；他喜歡搬家；他是個戀足癖，諸如此類的每個細節，都很有意思。

對了對了，谷崎遺傳自母親，也很怕地震。關東大地震發生時他人在箱根，正好搭著巴士在山路上移動。乘客們很害怕，吵著要司機「讓我下車」，但司機說「這裡很危險，我把你們送到安全的地方去」，還是一直往前開。結果路面轟隆隆地崩了，巴士剛通過的那一瞬間，他們看到有大石頭掉了下來。由於這名司機的機伶，才能讓這位偉大的作家繼續活下來。

儘管如此。谷崎還是寫道，「……前方的地面出現有如蚯蚓爬行般的裂縫，而且一點一點往前延伸」、「我看到樹木的樹梢就好像有巨人的手扯斷般搖晃著」（〈「九月一日」前後的事〉）。因此，可以知道那次的大地震是何等恐怖。（有張照片拍的是他倉惶失措地抵達兵庫縣蘆屋時的樣子，那張茫然的臉，極有說服力）。

在這件事之後，他就展開了在關西的生活。

假如他沒來關西，應該就沒有〈卍〉、〈貓與庄造與兩個女人〉、〈細雪〉等作品的誕生了吧。那種藝術品般的關西腔，也不會存在於這個世界。

噢，我直打哆嗦。此事非同小可，因為全是一些我超愛的作品。不只是關西腔而已唷。外界以「句子很長」形容他的獨特文體，一旦迷上就難以脫身了。例如，在〈貓與庄造與兩個女人〉中，以下這樣的描寫，各位覺得如何呢？

突然間，枕頭附近傳來一股那種在日光下晾曬過的氣味，一個毛如同天鵝絨般柔軟的物體，一面不聲不響地掀起被子，一面爬了過來。接著牠從頭部開始使勁地鑽了進來，往腳的方向爬了下去，在下面那裡徘徊了一陣子之後，再次爬到上面來，把頭探進睡衣的胸部處就停住不動了，但不久牠又彷彿心情大好似地發出很大的聲音，喉頭開始呼嚕呼嚕作響。

毫無疑問，谷崎潤一郎打從心底喜歡貓。

谷崎潤一郎作品中的女性

——耽美作家追求的永恆淨土

文／林水福

日本國立東北大學文學博士。曾任輔仁大學外語學院院長、日本國立東北大學客座研究員、日本梅光女學院大學副教授、中國青年寫作協會理事長、中華民國日語教育學會理事長、台灣文學協會理事長、國立高雄第一科技大學副校長、外語學院院長。現任南台科技大學教授。研究範疇以日本文學與日本文學翻譯為主，並將觸角延伸到台灣文學研究及散文創作。

1. 谷崎的特質

一九一六年谷崎潤一郎（三十歲）在中央公論發表〈神童〉乙文，表明對一切知性教養的不信，同時發現自己的資質。

我並不是孩提時代憧憬的那種純潔無垢的人。我並不是具有宗教家或哲學家素質的人。以前的我之所以看起來像那樣的人，是因為我具備一種天才，比其他的小孩，對所有方面的理解明顯地較為發達而已。對於過著像禪僧的枯淡禁慾生活，我的意志過於薄弱，感情過於銳利。我無疑的是為了讚美人間之美而生的男子，而非來說明靈魂不滅。我至今尚無法認為自己是凡人。我總覺得自己是天才。我自覺自己真正的使命在於讚美人間之美，歌頌宴會之樂，我的天才就能發揮真實的光輝。

——〈神童〉（一九一六年，發表於中央公論）

其背景是明治三十年代社會濃濃的禁慾主義。上文引用的部分，如果看成是自我解放，或是一種放棄，對谷崎文學的評價也會有不同的變化。藉著放棄如果可以得到藝術完成的補償，那麼所獲得的完成亦是一種自由的放棄。若藉著積極的自我解放，可以成為藝術家的話，藝術的完成與自由亦是一致的吧。谷崎所獲得的自由是全面承認肯定官能的感受性，也就是性愛。

「性愛本身有性質的不同。虐待狂的性愛適合批評，被虐待狂適於藝術的錘鍊。前者討厭束縛，破壞形式，有使感受性枯竭的危險；後者喜歡被所愛者束縛，保證感受性的永遠潤滑。理想的作家是兩者混淆。如果一定要偏向哪邊，以偏後者為宜。擅長自我批評的谷崎當然充分利用自己的資質於藝術創作上。」

三島由紀夫認為探討谷崎文學中性愛的本質可以鬼子母神說明。鬼子母神，為了去除吃小孩的罪業而成為大慈母。鬼子母，即慈母的形象，崇高的一面有著已逝慈母的投影。此外，鬼子母的另一面則有痴人之愛的女主角奈緒美（娜歐蜜）可為代表。後者的自私主義與肉體美，亦成為某種崇高的崇拜對象。

谷崎潤一郎的作品中，以前者母親意象為中心的有〈戀母記〉、〈少將滋幹之母〉。以後者女性形象為中心的有〈刺青〉、〈春琴抄〉、〈鍵〉、〈瘋癲老人日記〉。

2. 以母親意象為主的作品

以母親意象為中心的第一部作品〈戀母記〉發表於一九一九年，是一部「夢物語」。梗概是：七、八歲少年的「我」獨自走在鄉下的小路上，看到一間茅草蓋的房子，老太婆正在準備晚餐。「我」以為她是自己的母親；但老太婆說你不是我的孩子，無情地把「我」趕出來。「我」繼續往前走，最後走到海邊，月亮上升，看到海邊的街道上，在「我」面前追逐鳥的年輕美女，「我」走近一看，那個女人是「我」的母親。谷崎在這部作品執筆前二年喪母，這是追慕母親的第一部作品，之後母性思慕的主題成為谷崎文學的底流之一。

〈少將滋幹之母〉發表於一九五〇年。少將，係日本平安朝官名，屬近衛府，管轄地區有紫宸殿、清涼殿等皇宮的中心部分。長官為大將，中少將為次官，原則上由權貴子弟擔任。

主角少將滋幹係藤原國經（西元八二七～九〇八年，清和天皇之后高子之兄，位至大納言，正三位）之子。母為在原棟樑之女，相傳是「稀世美女」，父母年紀相差約五十歲。由於母親貌美被當時的權力者左大臣藤原時平「強取豪奪」（精彩過程請參閱《少將滋幹之母》聯合文學出版），當時滋幹大概是五、六歲。及長，展開尋母之旅，最後到了四十幾歲「歷盡千辛萬苦」終於見到了已出家為尼的母親，然而這時的女性已被「醇化」不帶有絲毫的「肉慾」性質。滋幹也似乎回到六、七歲時的孩童：

「母親！」

滋幹又喊了一聲。他跪在地上，由下仰望母親，有如靠在她膝上的姿態。白色帽子裡的母親的臉，在透過花瓣的月光下有點模糊，臉型細小很可愛，看來有點背光。四十年前的春天，在几帳背後被母親懷抱時的記憶，如今歷歷在目，瞬間自己彷彿回到六、七歲時的幼童。他努力想把母親手中的棣棠枝撥開，讓自己的臉更貼近母親的臉。黑色僧衣袖子的薰香味，讓他懷念起遙遠的昔日香味，撒嬌似地多次用母親的袖兜擦拭眼淚。

3.以女性意象為主的作品

谷崎潤一郎在一九一〇及一九一一年發表〈刺青〉、〈少年〉、〈幫間〉等作品之後，永井荷風於一九一一年十一月在《三田文學》發表〈谷崎潤一郎氏的作品〉指出谷崎作品的特質有三：一、從肉體的恐怖產生的神祕幽玄。從肉體上的殘忍體會到痛切的快感。二、都會性格。三、文章的完美。還說：「谷崎氏於混沌的現今文壇，無論出身、教養皆是傑出的作家。」文壇大老的讚辭，有如給了谷崎進入文壇的入場券。如同後來夏目漱石稱讚芥川龍之介的〈鼻子〉，作用之大實非台灣文壇所能想像。

一九一〇年十一月發表於第二次《新思潮》的〈刺青〉，可視為谷崎的處女作、出世之作。

江戶的刺青師清吉多年來的宿願是希望在光輝的肌膚，刺入自己的靈魂。終於第四年在深川的料理屋平清之前看到一雙從轎子後邊露出的素足，「在他銳利的眼中，人的腳跟他的臉一樣有著複雜的表情。那個女人的腳，對他而言是尊貴的肌肉的寶玉。從拇趾到小趾纖細的五趾形狀，色澤不輸在繪之島拾獲的淺紅色貝殼，腳踝圓滑像寶玉，讓人懷疑是不斷以清冽的岩石間的清水洗出來的皮膚潤澤。這雙腳是喝男人的鮮血成長，是踐踏男人骷髏的腳。有這雙腳的女人是他多年來追求的、女人中的女人。」他在女人背上刺了一隻女郎蜘蛛，他的靈魂融入一滴一滴的墨汁，那刺青就是他一切的生命。

清吉把靈魂給了女人之後，主從地位完全逆轉，女性內藏的魔性與虐待狂傾向明白顯現出來。她對清吉說：「你首先會成為我的肥料！」

在憧憬的女性之前，男的毫無招架之力，願意為女的做任何事，可以忍受女的對他的虐待行為，非但不以為忤，還甘之如飴。後來的〈痴人之愛〉（一九二四年）主角河合讓治想把十五歲的少女奈緒美（娜歐蜜）塑造成無論精神或肉體都很美的理想女性；然而，當肉體方面「比理想還美麗」，讓治成了「癡人」，為了獲得奈緒美的愛，無論奈緒美做出什麼脫序的行為，讓治都得接受，不得干涉。

從〈刺青〉就已出現的這種女性崇拜思想，〈春琴抄〉（一九三三）或許可說是其典型作品。

春琴被熱水燙傷當夜佐助趕到春琴枕邊，看到春琴淒慘的面容不敢正視，趕緊轉開臉。春琴不希望佐助看到自己醜陋的面容，佐助能了解春琴這樣的心情，為了讓春琴安心，佐助自己用針刺瞎雙眼。小說中這場面的描寫極為淒慘，想嘗受同樣痛苦的自虐達到極致。

〈刺青〉中另一個引人注意的是對女人美麗的腳的執著。一九一三年發表於《雄辯》雜誌的〈富美子之足〉描繪的是塚越老人的妾有著一雙舉世無雙的美腳，谷崎以絢爛文體鉅細靡遺描繪富美子的腳。一雙腳可以這麼描寫，著實讓人「嘆為觀止」！

美術系學生宇之是塚越老人（又稱隱居先生）的遠親，老人要宇之幫富美子畫像。之後宇之就常出沒塚越老人住處；這麼做不是同情生病的老人，而是為了富美子的腳。當老人病入膏肓時，要宇之代替他學狗注視富美子的腳。老人因此「感受到滲入脾肺的快感」，宇之代則是「模仿狗的我也體驗到跟隱居先生同樣刺激的快感。」「現在邊寫邊回想，一幕一幕清晰浮現眼前……富美小姐的腳踩在我臉上時的心情——那時我覺得被踩的自己遠比看著出神的隱居先生幸福。」

臉被富美子的腳踏著感到無上的快樂，隱居先生最後在富美子的腳踩之下死去。這篇可說是「具體」描繪戀足癖的極致小說，至於晚年的〈瘋癲老人日記〉裡的老人把心儀的颯子的腳拓本，彷如佛足石般刻在自己的墓碑上，死後永遠享受被颯子腳踩的愉悅。這裡的女性崇拜與戀足癖已結合為一，從具象轉為抽象，昇華為永遠的精神愛戀。

4. 結語

如上述，谷崎作品中的女性絕非單一的，以母親意象為主的有著小孩純真的孺慕之情；以女性意象為主的作品，摻雜戀足癖的性愛描述，其實，並無實際的性愛動作，而是藉著喜愛的女性之美，提升到精神層次，從而實現自己的「淨土」。

谷崎的女性描述絕非止於表面的官能享樂。

谷崎潤一郎
特別專欄。

貓、關西、文章與裝幀，文豪的風雅生活

從文豪畢生愛好，一窺日式美學大師的執著

谷崎潤一郎是個畢生追求美的作家，本專欄特別從「貓」「關西」「文章與裝幀」這三個谷崎最愛的事物切入，帶領各位讀者一窺日式美學大師對於美的執著與要求。

谷崎的最愛①

貓

谷崎潤一郎原本就喜歡貓，真正開始飼養是他遷居到關西以後。他特別喜愛洋貓，有一段時期曾養過各種品種的洋貓，數量多達六隻。對於日本貓則直言不諱「討厭」，好惡非常分明。〈貓與庄造與兩個女人〉中的主角莉莉，當然也是洋貓。

茶色的全身交雜著鮮明的黑色斑點，皮毛油光水滑，感覺就像細細打磨的鱉甲表面。

而〈細雪〉中蒔岡家四姊妹的愛貓名叫「小鈴」，目前存留的谷崎的愛貓佩

抱著愛貓的谷崎潤一郎（渡邊義雄・攝影）

爾的標本，花色就跟莉莉一樣。

谷崎愛的不只是貓的外表，也很著迷於貓兒的個性。庄造之所以如此喜愛莉莉，原因就在於牠「性格惹人憐愛」。谷崎本人接受報紙採訪時，也曾表示「貓兒就跟人一樣，比起美貌的外表，聰明伶俐更是深得我心。光有外貌，一下子就膩了，聰明的貓若是走失或死掉，真的會令人心碎落淚。」

這樣的回答簡直就像在描述自己喜愛的女性類型。

從〈厭客〉這篇文章，可以看出谷崎有多麼喜歡貓，以及他對貓兒的細微觀察。

貓咪聽到飼主叫喚名字時，因為覺得出聲回應太麻煩，所以只會默默地晃動尾巴的尾端，表示聽到了。當牠蹲在日式走廊，有禮貌地收起前腳，露出似睡非睡的表情，沉浸在溫暖的日光下，此時試著喚牠的名字看看……半閉著的雙眼連眼皮也不抬一下，維持著寂然的姿勢，昏昏欲睡地晃動尾巴的前端一兩下示意牠聽到了。再喊一次牠的名字，尾巴又擺動一下。但如果執拗地一直叫喚牠的名字，最後將不再回應。剛開始的兩、三次，牠們真的會用這樣的方式回應。人們看到貓兒的尾巴擺動，就會知道牠其實還醒著，但說不定貓兒已經進入半睡眠的狀態，尾巴的擺動只不過是反射動作。不管是哪一種狀況，用尾巴回應的方法有一種微妙的情感表現。似乎是覺得發出聲回應太麻煩，但完全不回應未免又太過冷淡，所以用這樣的方法打一下招呼；或者告訴對方「我很感謝你叫我啦，但人家現在太睏了，就請你多多包涵吧」，像這樣既霸道又親人的複雜情緒，貓兒只用這樣簡單的動作就能靈巧地表現出來。

摘自〈厭客〉

谷崎的最愛②

關西

即使是不足為道的這個庭院，光是站在這裡呼吸松樹氣味濃郁的空氣，遠眺六甲山方向的群山，只是仰望澄淨的天空，就令人覺得沒有任何一塊土地比阪神間的這塊土地更適合居住。

〈細雪〉一書中，如此描述幸子在東京逗留十天後返家時的感想。谷崎的散文〈我所見的大阪與大阪人〉中也有這段文字：「攝河泉（大阪一帶）那附近也很好，由此往西邊一直走，土地的顏色越來越白，氣候更加溫暖，魚也越來越美味，景色越來越明亮。」

對關西這片土地的讚賞，可以看到〈細雪〉中幸子的想法與谷崎本人對這片

〈細雪〉的模特兒：松子（前排左邊）與她的姊妹。松子的隔壁是長女朝子。後排由左至右分別為四女信子、三女重子、松子的長女惠美子。

松子夫人與谷崎，照片拍攝於谷崎家的庭院。
（渡邊義雄・攝影）

土地的喜愛巧妙地重疊。

在東京土生土長，因為關東大地震於三十七歲那年遷居至關西的谷崎，在這塊新土地上感受到一股意外的「鄉愁」，並逐漸適應這塊土地。

走在關西城市的街道上，想起自己的年少時期，令人感慨良多。現今的東京下町早已失去了往昔的面貌，沒想到我竟然可以在京都或大阪的舊市街看到那似曾相識的土藏造和格子窗的房子。

摘自〈我所見的大阪與大阪人〉

直到七十歲搬離關西為止，谷崎搬了好幾次家，他在五十歲那年定居的房子住了七年左右。在這個家，谷崎和夫人松子過著真正的生活，以松子的姊妹為原型的大作〈細雪〉也是在這個家動筆寫的，這裡可以說是谷崎的關西生活中最活躍的場所。

這棟位於住吉川河邊的房子留存至今，以「倚松庵」之名開放參觀。「倚松

©wiki

倚松庵

〒658-0052 神戶市東灘區住吉東町1-6-50
TEL 078-842-0730
開館時間 上午10點~下午4點
開館日 星期六・星期日（年初年尾除外）
入館費 免費

庵」就是「倚靠著松樹的房子」，松樹指的當然就是松子夫人。谷崎甚至還訂做了專用的各種稿紙，稿紙正中央有著「倚松庵」三個大字。

離這個家不遠處的蘆屋，有「蘆屋市谷崎潤一郎紀念館」，館內收藏了谷崎的書籍、書信、原稿、照片等珍貴資料，並開放民眾參觀。谷崎最後在關西的居所是位於京都的潺湲亭。紀念館內的錦鯉池與石橋正是仿造潺湲亭的庭院，文豪谷崎潤一郎曾經居住過的房子，至今仍保有當時的面貌。

©wiki

蘆屋市谷崎潤一郎紀念館

〒659-0052 蘆屋市伊勢町12-15
TEL 0797-23-5852
開館時間 上午10點~下午5點
休館日 星期一（遇假日開館，隔日休館）．年初年尾
入館費 大人300日圓 大學生／高中生 200日圓

谷崎的最愛③

文章與裝幀

谷崎潤一郎在四十八歲時發表的〈文章讀本〉中，提到了「文字的體裁，即字面」相當重要。關於這一點他闡述如下。

漢字一個個分開來看，頗具美感，但文字與文字間的連結卻不好看。漢字交雜在假名中，看起來頗為生硬，有點髒兮兮的感覺。我國的平假名本身就具備了優美的形體，字與字之間的連結更是美麗。而且，漢字因為筆畫複雜，變成現今的小型活字，難免失去其大半的魅力，平假名因為字畫簡單，至今仍保有其獨特的風韻。所謂的重視字面，指的就是考量以上諸點書寫文字。

此外，他在創作時使用的是毛筆（或是鉛筆），刻意捨棄比較方便的鋼筆。谷崎在〈文房具漫談〉一文中如此說明理由。

我寫東西很慢，每寫一行，就會重複閱讀前面的文章，然後起身在室內漫步，喝杯茶抽根菸，慢慢思考後再繼續寫下去。所以磨墨或加墨水等作業，對我而言完全不是問題。這些作業剛好可以幫助我打發發呆的時間。也就是說，下筆如飛的人可以活用鋼筆的優點，而像我這樣寫稿須花費較長時間的人，根本不用多想應該選擇鋼筆還是毛筆。

下頁上方照片是〈細雪〉的原稿。字面散發出一種悠閒的獨特氛圍，可說是反映了谷崎潤一郎的審美觀與執筆時的態度。

谷崎很常寫信。根據收信的對象，以及書寫當時的年紀，使用的信紙與文字也完全不同。下頁下方的照片就是他使用流麗的文字寫給松子夫人的信件。從「這三、四天丁未子一直在家」這一行文字看來，可以看出谷崎與當時的妻子丁

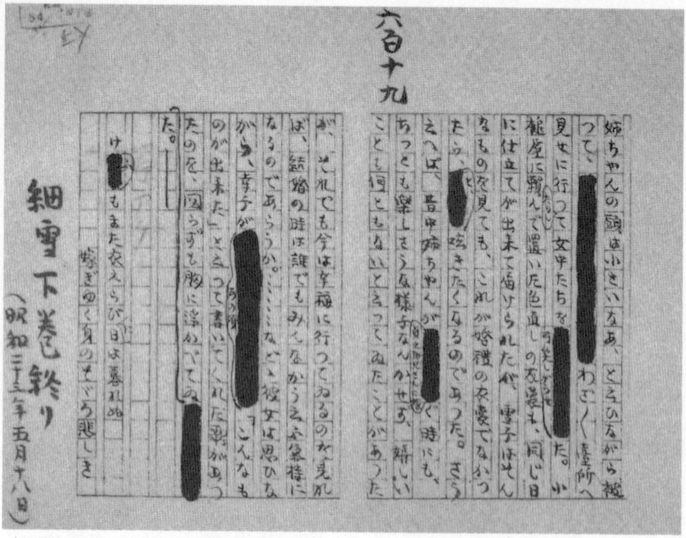

六百十九

姉ちゃんの頭は小さいなあ、と云ひながら被つて、[redacted]わざ〳〵臺所へ見せに行つて女中たちを[redacted]た。小槌屋に頼んで置いた色直しの衣裳も、同じ日に仕立てが出来て届けられたが、雪子はそんなものを見ても、これが婚禮の衣裳でなかつたら、と[redacted]呟きたくなるのであつた。さう云へば、昔中姉ちゃんが[redacted]く時にも、ちつとも楽しさうな様子なんか見せず、嬉しいことも何ともないと云つてゐたことがあつたが、それでも今は幸福に行つてゐるのを見れば、結婚の時は誰でもみんなさう云ふ気持になるのであらうか。……などゝ彼女は思ひながら、幸子が[redacted]「こんなものが出来た」と云つて書いてくれた歌があつたのを、図らずも胸に浮かべてゐ[redacted]た。

け[redacted]もまた衣えらびに日は暮れぬ
嫁ぎゆく身のそぞろ悲しき

細雪下巻終り
（昭和二十二年五月十八日）

〈細雪〉原稿，這部作品是用毛筆寫成的。

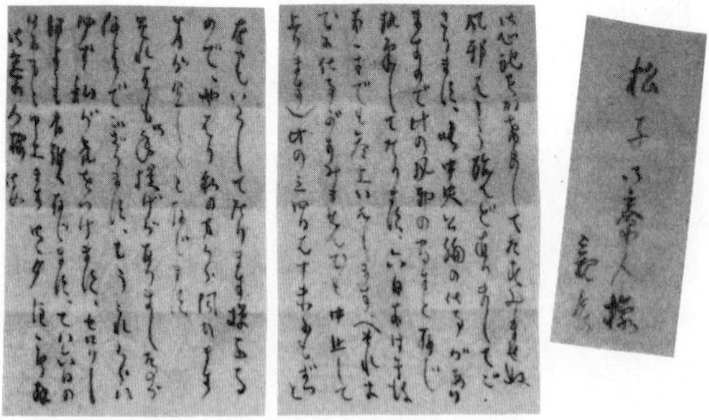

谷崎潤一郎寫給松子夫人的信件。

耒子，還有松子夫人三人之間微妙的關係。

當時谷崎四十六歲，寫信給最愛的松子夫人時，格外地注重信紙的挑選。他委託喜歡的畫家小出猶重雕刻木版，整體印上淺淺的翠綠色。這塊木版以及與自己的稿紙相同顏色的信紙，聽說就是谷崎送給松子夫人的「第一份禮物」。

*

谷崎與松子正式結婚那年，谷崎四十九歲。得到謬思女神的谷崎，那年秋天開始進行《源氏物語》的白話文翻譯。

實際進行白話文的翻譯之後，谷崎敘述如下：

> 有關源氏物語的文章，改天有機會的話可以再詳細說明。在此我就不再贅言，但有一點我想現在分享，那就是原文所具備的魅力，其魅力就在於「性感」。源氏物語是一部相當性感的作品。說到這一點，之後的西鶴[12]與先前的源氏，可以說是我國古典文學的翹楚。源氏之所以可以在其他眾多的王朝物語中脫穎而出，就是因為具備了這個特質。因此當我翻成白話文的時候，會盡量保持其

12 井原西鶴，1642年（寬永19年）~1693年（元祿6年）。江戶時代的浮世草子、人形淨瑠璃的作者以及俳人（俳句詩人）。其小說《好色一代男》仿效前輩紫式部的《源氏物語》而作，真切表現了浮世世態和人間愛慾。他獨創了文學體裁「浮世草子」，從而促使町人文學的誕生，被譽為「日本近代文學大師」。

原本具備的性感。

摘自〈關於源氏物語的白話文翻譯〉

谷崎對《源氏物語》的想法集結成為二十六卷的〈潤一郎譯源氏物語〉，發行時間長達三年。出版當時，谷崎為了重現復古的感覺，還推出了以特製箱子收藏《源氏物語》全集的限量版收藏組合。

左頁照片中的典藏組合是塗上黑漆的典藏盒，從內蓋上的文字，可以得知這是谷崎送給松子的妹妹．重子的禮物。

重子就是〈細雪〉中雪子的原型。《源氏物語》翻譯完成的隔年，谷崎開始著手創作受到《源氏物語》極大影響的〈細雪〉，那年谷崎五十六歲。

＊

為谷崎後期的著作增添華麗色彩的是棟方志巧的版畫，在棟方的自傳中，也收錄了谷崎發自內心的感謝。

〈潤一郎譯源氏物語〉典藏組合。

棟方先生為我的〈鍵〉〈瘋癲老人日記〉等作品以版畫創作的內頁插圖，實在非常有趣，我深感敬佩。如今我將這些作品放在身邊，隨時翻開來欣賞。之前我出版〈食蓼蟲〉時，小出楢重的插畫為我的作品增色不少，我感覺受到了鼓勵。而棟方先生也給了我同樣的感動。

摘自〈棟方志巧《板極道》序〉

照片是〈瘋癲老人日記〉的初版書。除了插畫與裝幀以外，還搭配了自作的和歌與配合棟方插畫的色紙。執著於美的谷崎，其晚年最大的堅持應該就是棟方的版畫吧。

〈瘋癲老人日記〉的初版書

文學生命深度剖析。

谷崎潤一郎——在真實人生實踐藝術精神的美學家

追溯成長背景，深入探索谷崎文學的根源

文／島內景二

1955年出生於長崎縣。東京大學研究所結業。國文學者。著作有《文豪的古典力》、《認真比較歷史小說》等，以嶄新的觀點挑戰日本文學的全貌。現任電氣通信大學教授。

長距離跑者的孤獨與信念

谷崎潤一郎出生於明治十九年（一八八六年）。於昭和四十年（一九六五）年去世，享年七十九歲。自明治四十三年首次發表小說〈誕生〉以來，長達半個世紀持續活躍於日本文壇。

夏目漱石、芥川龍之介等文豪的活動期間約十年。三島由紀夫約二十年。與他們相比，可以知道谷崎的活躍期有多長。漱石、芥川、三島一決勝負的世界，與谷崎的不一樣。谷崎所站的起跑點、參賽的競技項目，和他們完全不同。

漱石是「明治時期的代表選手」，持續揭櫫急速文明開化所帶來的弊害是「近代人的利己主義」。芥川龍之介是「大正時期的代表選手」，以知識分子的角色，英姿颯爽地跑過自由開放的大正民主時代。三島由紀夫則是「戰後日本的代表選手」，他大量生產暢銷作品，持續受到評論家的關注。他們都是時代的寵兒，也是時代的告發者。就這層意義而言，他們算是「短距離跑者」。重視的是如何跑得快、如何吸引觀眾的目光。

當他們在多數觀眾環繞的運動競技場上奔馳時，谷崎潤一郎則在距離競技場很遠的地方邁出馬拉松的一步步。當然，沿路有不少人聲援他，也有不少人妨礙他。

昭和二年，時代的寵兒芥川龍之介與時代的超越者谷崎潤一郎，兩人針對「小說的情節」展開了論爭。這是身為後輩的芥川發起的爭論。芥川想要將谷崎拉到自己所擅長的戰場，谷崎卻不上他的當。兩人的論爭完全牛頭不對馬嘴。這是因為他們處於不同的「文學領域」。谷崎對自己的領域充滿自信與確信。兩人的論爭之火尚未平息，小自己六歲的芥川卻自殺了。之後，長達三十八年的時間，長壽的谷崎持續跑在自己的馬拉松比賽。

谷崎不僅完成了大秀才才能做到的「貢獻自己所處的時代」，還試著重現長久以來根深蒂固的「古典物語的傳統」。也就是持續探求《源氏物語》[13]或《伊勢物語》[14]等古早時代，甚至是更遠古的神話時代就已存在的「男女」結合的各

13 約完成於1001至1008年間，作者為紫式部，為世界上最早的長篇小說。描述相貌堂堂的天皇庶子光源氏，與圍繞著他的一系列女子間的愛恨情仇。

14 平安時代初期完成的歌物語。全書由125段以數行的假名文與和歌組成的章段構成，描寫某男子從成年禮到死去的生涯。收錄許多歌人在原業平的和歌，所以主角有業平的影子。

種樣貌。他所追求的不是一時的爆發力，而是文化的持久力。這是天才才能做到的工作。「信念之人」谷崎持續地跑在自己想跑的跑道上，從不停歇。因此才能達成長達五十年的創作生涯這樣的豐功偉業。

要正確地評價谷崎潤一郎，是一件很困難的事。因為讀者也必須有跟著一起陪跑長距離馬拉松賽的準備。當你有了這樣的覺悟，就能夠理解谷崎的孤獨，以及他的規模之龐大。還有，他第三任妻子松子的重要性。松子這個谷崎畢生最愛的理解者療癒了他的孤獨，並成為支持他繼續跑下去最大的能源。

美與性的老饕，食量驚人卻不挑嘴

文壇活動期間非常長的谷崎，熟知很多他人的有趣故事。而他本人也經常成為別人口中津津樂道的故事。

與其說谷崎潤一郎是個老饕，稱他為大食家更為適切。而且，他是個非常不挑嘴的人。生性潔癖患有黴菌恐怖症的泉鏡花[15]是藝術家精神分析學絕好的案例。故事發生在鏡花與豪放的谷崎兩個人一起吃火鍋的時候。在肉片完全煮熟變硬之前遲遲不肯動筷的鏡花面前，谷崎卻若無其事地一口口吃下半熟的肉片，兩人可以說是絕佳的對照。鏡花以長蔥為界，宣言「這部分是我的領土」，好不容易才能吃到幾片雞肉。鏡花的美學與谷崎的美學是如此截然不同。不挑嘴的谷崎，也容易成為藝術家精神分析學的對象。

　刊登谷崎潤一郎小說的雜誌，當時經常因為內容與插畫太過激烈，好幾次遭到「禁止發行」的處分。戰爭期間的《源氏物語》白話文翻譯也因為「對天皇陛下不敬」[16]而遭到批判，甚至事前必須刪除部分內容。〈細雪〉因為在國家的非常時期寫出不謹慎的內容被禁止發表[17]。戰後，赤裸描寫老人性慾的〈鍵〉，甚至在國會引發了「這是藝術還是猥褻」的爭論。長達半個世紀以上持續追求「美」的谷崎潤一郎，他的藝術活動經常被當成醜聞看待。若非帶有醜聞性的美，似乎無法吸引他食指大動。

15 151873~1939年。活躍於明治後期至昭和初期的日本小說家，出生於日本石川縣金澤市。本名鏡太郎。1895年，泉鏡花發表的〈夜間巡警〉、〈外科室〉，被視為「觀念小說」代表作。1900年，泉鏡花發表充滿浪漫主義色彩的〈高野聖〉。之後又發表〈婦系圖〉、〈歌行燈〉等小說。

16 《源氏物語》中光源氏與名義上的母親藤壺皇后私通，生下冷泉帝的情節，被認為褻瀆了天皇的血統。

17 〈細雪〉中描述的享樂與奢侈生活，在戰時全國節儉度日的非常時期中，被批評為不合時宜。

谷崎光是正式結婚的次數，就多達三次。除此之外的女性問題也多不勝數。看來他在性愛方面也是食欲旺盛，直至最後邂逅女神般的松子夫人，才終於保有「美食家」的面子。

天性風流的他，也無法在同一間房子定居下來。在他七十九年的生涯中，曾經搬家多達四十次。其中，大正十二年遷居關西，正意味著他「與東京這個都市的離婚」。包含小規模的搬家在內，搬家的頻率大約兩年一次。與其說他天生性格不定，倒不如說他也是個非常挑嘴的「居住老饕」。

兩封情書與對「藝術女神」的渴望

與其說谷崎潤一郎是個「多情之人」，說他忠於自己的欲望更為適切。所以他經歷了許多奔放的女性。谷崎最後停泊的「港口」是松子夫人。他將崇拜松子夫人的自己稱之為「倚松庵」。也就是「倚靠松樹之庵」的意思。松指的是松子夫人。正如松樹是常綠樹那般，松子是一年到頭都能保持不變的美貌與優雅內心的女性。之後，就像松樹隨著年歲增長成為參天巨木那般，她也是谷崎仰望的巨大存在。

像松樹這樣的大木，容易有藤蔓攀纏。如同藤蔓般自由奔放地生長的谷崎的藝術活動，松子夫人就是他的支柱，伴隨著他的夢想無限伸展。谷崎攀附在松子身上，向松子撒嬌，就這樣黏附着她，讓藝術才能如藤花那般高高綻放。正如「倚松庵」這個名字，包含了谷崎想要隱藏在松子身後，依靠著她生存的願望。「夫唱婦隨」這句話代表的是女人（婦）躲在男人（夫）的身後，妻子依靠丈夫生存在當時是非常普遍的狀況。谷崎則是相反。堅強、美麗如同母親般的妻子，猶如被女神擁抱的嬰兒般的自己。他果然是徹底的女性至上主義。

在此為各位介紹兩封情書，寫信的人當然就是谷崎。

情書A

「我向被妳的美感化。將妳的一切，當作我的藝術創作與生活的指針，如光明般景仰。……我的藝術就是妳的藝術，我所寫的東西全部來自於妳，我只不過是一個單純記錄的人。」

情書B

「我的創作絕對不能缺乏一個我崇拜的高貴女性。……對我而言，您並非為了藝術而存在，藝術才是為了您而存在。」

這兩封信並非寫給同一位女性。A是寫給第二次婚姻的妻子丁未子。B則是寫給第三次婚姻的妻子松子。對象雖然不同，書寫的內容卻大致相同。谷崎在信中告白了同樣的願望。在此並非要揶揄谷崎「身為文豪，情書的格式卻一成不變」。這兩封情書代表谷崎對於「激發自己創作欲望、猶如母親般的美之女神」的渴望是如此強烈。一旦發現曾經奉為女神的女子實際上不如預期，谷崎就無法與她們繼續夫妻生活。這一點他絕不妥協。因此，谷崎潤一郎的女性關係才會如此豐富。

出生於東京下町的江戶之子

谷崎嘔心瀝血的《源氏物語》白話文翻譯（又稱「谷崎源氏」），川端康成評價為「江戶町人的源氏」。沒錯，谷崎潤一郎是血統純正的下町人。谷崎源氏的確充滿了江戶時代的《修紫田舍源氏[18]》風格的「粹」之精神。有趣的是，這樣的風格與王朝貴族的「雅」有著微妙的不同。也許谷崎的目的就是巧妙結合京都貴族文化與江戶町人文化的幸福融合。

谷崎潤一郎是他的本名。明治十九年七月二十四日，出生於日本橋區蠣殼町

18 《修紫田舍源氏》是柳亭種彥未完成的長篇。文政12年（1829年）至天保13年（1842年）出版，廣受歡迎。因為作者遭遇筆禍死去，於第38篇結束。第39篇與第40篇則是根據作者遺留的稿本，於1928年（昭和3年）刊行。通稱《田舍源氏》（日文中的「田舍」為鄉村之意）。由於是《源氏物語》的通俗版翻案小說，故加上「修」字（日文中「偽造」之意）。

（今中央區日本橋人形町）。祖父擁有近江商人的血統，頗具商業才能，家境富裕。代代身為「江戶町人」的驕傲與自卑存在谷崎的血液裡。

母親「阿關」是遠近馳名的美女。「關」不是姓氏而是名字。樋口一葉的小說〈十三夜〉中的悲劇女主角名字也叫「阿關」。谷崎留下了許多「戀母」小說，阿關在谷崎三十歲那年去世，並非年幼時就生離死別的「回憶中的母親」。谷崎所追求的「母親」已經超越有血有肉的「谷崎關」這個固有名詞，成為「美麗的母親」—「理想中的母親」這樣的普遍名詞。

父親倉五郎雖然是入贅的女婿，由於不擅長做生意，整個家庭隨之沒落。倉五郎長得跟谷崎非常相似。谷崎缺乏經濟概念這一點跟父親也很像。谷崎是長男，底下還有三個弟弟和三個妹妹，但他從未對弟妹做過任何一件足以稱之為「長兄」的事。這樣的人可以說他任性，也能說他始終貫徹以自我為中心的生活方式。

雖是貧窮秀才，女性關係卻不謹慎

窮的沒錢繳學費的谷崎，在周遭人士的資助下進入了府立一中，也就是現今的日比谷高校，是當時最高級的菁英中學。在這間學校，谷崎發揮了「跳級」的本領。堪稱不折不扣的秀才。二年級第一學期結束後，他就轉入三年級的第二學期就讀。

在三年級的班上，有個名叫辰野隆的同學。他後來成為法國文學的權威，也是特別恩准不懂法文的太宰治進入東大法文系的大恩人。一年級的班上有大貫雪之助[19]，喜愛文學的兩人往來甚密。後來更成為創立《新思潮》的夥伴。大貫的妹妹就是小說家岡本佳乃子[20]。

十九歲那年，他進入了當時的名校第一高等學校（一高）。入學當時的校長是哲學家，同時也與夏目漱石往來甚密的狩野亨吉[21]。二年級那年，提倡武士道復活的新渡戶稻造[22]就任校長。家境清寒的谷崎自中學時期就住進高級餐廳「築

19 1887~1912年。筆名大貫晶川。明治・大正時代的詩人、小說家。

20 1889~1939年。大正・昭和時期的小說家、歌人、佛教研究家。漫畫家・岡本一平的妻子，「藝術就是爆發」的畫家・岡本太郎之母。

21 1865~1942年。日本教育家。第一高等學校校長、京都帝國大學文科大學第一任校長。

22 1862~1933年。日本國際政治活動家，農學家，教育家。1901年9月擔任臺灣總督府殖產局長期間，提出了〈糖業改良意見書〉，對臺灣糖業有重大影響。被尊稱譽為「台灣糖業之父」，與磯永吉（被譽為「台灣蓬萊米之父」）是日本治台時期少數影響日後台灣農業的專家。

地精養軒」老闆家裡擔任書生（兼任主人的家庭教師與下人）。但是，二十一歲那年，他被趕出這個家。因為他寫給女傭的情書被發現了。那個女孩也是被害人之一，她被趕回老家箱根不久後就病死了。正如「不義為家中大忌」這句諺語，規模頗具的大型商家極端厭惡「下人風紀的紊亂」。這是谷崎的初戀，也是他今後接二連三女性醜聞的開端。

文學之夢，「牧神之會」

一高時期，考慮到了將來的就業，他就讀英法科系，同時擔任校友會雜誌的委員，顯露出文學青年的骨氣。二十三歲那年，進入東京帝國大學文學部國文學科。他既不想成為公務員也不想當商務人士，而是打算以「文學家」的身分活躍於社會。因為學費的問題，從一開始他似乎就沒打算讀到畢業。

明治四十三年九月，他與夥伴一同創立了第二次《新思潮》。在雜誌第三

23 產生於19世紀下半葉法國的文學流派，19世紀末和20世紀初傳至歐美和世界各國。自然主義文學是西方現實主

號，谷崎發表了內容震驚世人的〈刺青〉。這篇短篇小說描寫的並非是「女神維納斯的誕生」，而是讓男人身敗名裂的毒婦的誕生。當時是平淡告白平凡主角陳腐人生的「自然主義文學」[23]的全盛時期。谷崎潤一郎則是高揭「惡魔主義」與「耽美主義」華麗且頹廢的作品風格，出道文壇。

當時反對自然主義的中心人物有森鷗外[24]和永井荷風[25]等人。荷風出於為了助長「反自然主義」威勢的戰略，對谷崎的作品風格大力稱讚。正如夏目漱石對芥川龍之介在第四次《新思潮》發表的〈鼻子〉大加稱讚一樣，荷風的盛讚就此確立谷崎以小說家自立的身分。此時的谷崎已經因為沒有繳納學費，而被東京大學退學。

谷崎初次邂逅他所崇拜的荷風，是明治四十三年十一月二十日，於「牧神之會」席間。希臘神話中的「牧神」，是擁有山羊的腳與長角的「半獸神」，熱愛酒、音樂與女人。法國作曲家德布西有一首相當有名的作品〈牧神的午後前奏曲〉。

義文學發展到極致蛻變的產物，也是生物學、遺傳學等科學理論影響文學創作的結果。自然主義傳到了日本，卻被解釋為「赤裸裸地描寫現實」，失去了原本的客觀性。島崎藤村的〈破戒〉與田山花袋的〈棉被〉正是日本自然主義文學的代表作品。

24 1862~1922年。本名森林太郎，號鷗外，又別號觀潮樓主人、鷗外漁史。日本明治至大正年間小說家、評論家、翻譯家、醫學家、軍醫（官至陸軍省醫務局長，陸軍軍醫總監軍階，即中將軍階）、官僚。森鷗外是日本第二次世界大戰以前與夏目漱石齊名的文豪。

25 1879~1959年。日本小說家。本名永井壯吉。號金阜山人、斷腸亭主人等。代表作是〈濹東綺譚〉、〈斷腸亭日記〉。

「牧神之會」聚集了高村光太郎[26]、北原白秋[27]、小山內薰[28]、永井荷風、木下杢太郎[29]、吉井勇[30]等文學家，與石井柏亭[31]等畫家。會場是隅田川（大川端）的日式料理店或餐廳，會員們痛飲葡萄酒熱烈討論新時代的藝術。會場也裝飾成西洋風格，反而更加襯托了大川端當時還留存的「美好且古老的江戶情懷」，飄散著一股和洋折衷的妖豔風情。

先前提到「牧神之會」成員中有小山內薰。他是東大英文科畢業的劇作家。小山內於明治四十年創刊的雜誌，就是第一次《新思潮》。之後，《新思潮》成了東大學生們的同人誌。谷崎與之後的倫理學家和辻哲郎[32]、中學級友大貫雪之助（晶川）等人創刊的第二次《新思潮》，也是以小山內為盟主。之後，則是芥川龍之介、菊池寬等人的第三次《新思潮》（大正三年創刊）。

谷崎雖然不是「牧神之會」的常客，但是明治四十三年十一月的聚會是大規模的派對，以谷崎為首，《新思潮》的同人們全都戴上摩登的帽子，在銀座排成一列行進至會場。當時擔任慶應大學教授的荷風也率領學生們出席。慶應大學的

26 1883~1956年。日本詩人、彫刻家。

27 1885~1942年。日本詩人、童謠作家、歌人。

28 1881~1928年。劇作家、演出家、小說家。

29 1885~1945年。皮膚科醫學家、詩人、劇作家、翻譯家、美術史、切支丹史研究家。

30 1886~1960年。大正・昭和時期歌人、腳本家。擁有伯爵爵位。

31 1882~1958年。日本版畫家、洋畫家、美術評論家。

32 1889~1960年。日本哲學家、倫理學家、文化史家、日本思想史家。

《三田文學》與自然主義的據點早稻田大學的《早稻田文學》，兩者是彼此敵對的立場。

這次於「牧神之會」的邂逅，成為永井荷風在明治四十四年十一月號的《三田文學》中發表〈谷崎潤一郎氏的作品〉這篇讚賞文的契機。因此，谷崎欠荷風一輩子的人情。「荷風的弟子是谷崎，谷崎的師父是荷風」，當初兩人是這樣的關係。戰後被尊稱為「大谷崎」的谷崎潤一郎成為文壇巨匠之後，似乎很討厭「荷風的弟子」這樣的標籤。但是，即使到了晚年，只要是跟荷風同席，谷崎就會細心地考慮到荷風的面子，總是在眾人面前捧高荷風的地位。

順帶一提，荷風比谷崎年長七歲。兩人都曾獲頒文化勳章，谷崎是昭和二十四年得獎，荷風是昭和二十七年得獎，谷崎早荷風三年拿到獎項。之所以會有這樣的差距，原因在於荷風是擅長短篇與中篇的作家，而谷崎卻有〈細雪〉這樣超大長篇的知名作品。在日本這個國家，「長篇小說」的評價較高。

將第一任妻子讓給好朋友

谷崎因為繳不出學費退學之後，不斷搬家過著放浪與放蕩的生活，同時創作惡魔主義的短篇作品。為了自這樣的生活重新振作，他在大正四年二十八歲那年與石川千代（又稱「千代子」）結婚。千代是谷崎熟識的向島藝妓的妹妹。隔年，兩人的長女鮎子出生，但兩人的婚姻生活早早地破滅。因為谷崎愛上了小姨子「聖子」（十五歲）。他將妻子送回娘家，展開與聖子的同居生活。

身為小說家的谷崎一直與平淡的生活對抗著。他因為自已的創作無法跳脫江戶下町風情與西洋文明混合的「惡魔主義」與「耽美主義」的框架，因而感到焦急。自大正九年開始，谷崎為了生活成為大正活映的編劇。他馬上為情婦聖子取了藝名「葉山三千子」，讓她在電影中出道。聖子擁有混血兒般西洋風格的美貌，在銀幕上展現大膽的泳裝造型。與「魔性少女」聖子的同居體驗，催生了之後〈痴人之愛〉中的妖婦娜歐蜜。

順帶一提，由葉山三千子主演的電影〈業餘俱樂部〉，演員中有一個名叫岡田時彥的美男子。幫他取這個藝名的人就是谷崎潤一郎。而岡田時彥的女兒，也就是女演員岡田茉莉子，名字也是谷崎取的。之後谷崎的代表作〈細雪〉搬上了舞台，正是由茉莉子扮演劇中的次女幸子，以報答谷崎為她命名的恩惠。

永井荷風門下的學生、與谷崎私交甚篤的詩人佐藤春夫，打從心底同情千代夫人的立場。漱石的〈三四郎〉不也出現相似的情節。「Pity's akin to love」（從憐憫轉化為愛情）。他對千代夫人的同情轉化成了愛情。最能深刻表達這樣感情的，就是佐藤春夫的代表詩作〈秋刀魚之歌〉。

「秋刀魚、秋刀魚／秋刀魚是苦是鹹」這一段雖然很有名，「可憐啊、即將被拋棄的人妻／與被妻子背離的男人一起圍著餐桌／缺乏父愛的小女孩／不甚熟練地使用手上的筷子／不敢叫不是父親的男人給她吃秋刀魚腸[33]」這部分也令人頗為動容。

其中，「即將被拋棄的人妻」，就是快要被谷崎拋棄的千代；「被妻子背離

33 在日本，秋刀魚腸是某些老饕眼中的珍饈。

的男人」「不是父親的男人」指的是佐藤春夫。佐藤當時的婚姻也出現問題，決定與身為女演員的妻子離婚。無論是谷崎還是佐藤，都擁有身為女演員的情婦與妻子。「缺乏父愛的小女孩」是谷崎的長女鮎子。谷崎曾經承諾過要把千代讓給佐藤，之後又出爾反爾。大正十年那年，谷崎與佐藤絕交。

時隔十年的昭和五年八月，兩人和解。谷崎出現新的戀人。佐藤也已經離婚，做好迎千代進門的準備。谷崎、佐藤與千代三人聯名，向相關親友寄出聯合聲明。上頭寫著「我等三人經過討論，千代與潤一郎離婚，然後與春夫結婚……」這件事被新聞大肆報導，「妻子轉讓事件」引起了輿論的喧然大波。鮎子雖然歸母親照顧，卻因為遭到父母醜聞的波及，被當時就讀的聖心女學校退學。之後她與佐藤春夫的外甥結婚。佐藤一族似乎很喜歡「千代&鮎子」這一類型的女性。這段經過也成了〈食蓼蟲〉的故事背景。

這起「妻子轉讓事件」讓世人震驚於文學家的道德操守之低，不可思議的是，相關人員卻因此全都獲得幸福。成為兩個男人交易對象的千代夫人，心中又有何想法呢？就算不是女性主義者，應該也會在意這一點吧。千代夫人與佐藤春夫婚後產下一子，過得相當幸福。當然，佐藤春夫對這場婚事滿意至極。與此同時，谷崎則朝著第二次、第三次婚姻前進。

如果是現在喜歡八卦醜聞的周刊雜誌，一定會對雙方進行批判抨擊，說「轉讓妻子的人有錯，接收妻子的人也有錯」，佐藤春夫應該會遭到世人嘲笑。佐藤春夫的處女詩集作，標題是〈殉情詩集〉。「殉情」意指隨著感情而活。佐藤春夫在〈殉情詩集〉中感嘆「因為談了一場無奈的戀情／月光的寒冷更滲入心脾」，令人讀了忍不住揪心。這應該是想著心愛的千代所詠唱的情詩吧。〈秋刀魚之歌〉收錄於《我的一九二二年》，在這本詩集中還有這麼一首詩：「坦白說吧／我曾想過／殺了妳丈夫後會怎麼樣／妳可知我有多後悔？」這首詩也令人心頭一震，由此可知他對千代的感情有多麼深刻。

因關東大地震看見江戶情懷的崩壞

在此，讓我們稍微回溯一下時間。大正十二年在箱根遭遇關東大地震的谷崎，好不容易獲救。家人雖然在橫濱，他卻全家遷居至關西。這是谷崎人生中的重要轉機。東京因為大地震化為瓦礫堆，以往「保留美好且古老的江戶情調的東京」不復存在。血統純正的「江戶之子」谷崎，看開了「保有江戶情懷的東京」已完全消失在「復興後的東京」。於是，他打算在現實中的東京以外，尋找「真正的東京」。

同樣的事情，之後的文學家吉田健一[34]也這麼想。他對太平洋戰爭的空襲中化為廢墟的東京同樣感到幻滅。為了找尋「古老美好的東京＝真正的東京」，他前往埼玉縣兒玉町、石川縣金澤市、山形縣酒田市等鄉村或地方都市旅行。關東大地震、戰爭時期的空襲、還有阪神淡路大地震[35]。這是動搖現代日本的三大災害。

34 1912~1977年。英國文學翻譯家、評論家、小說家。其父為吉田茂曾任內閣總理大臣。

35 中文多稱為阪神大地震或神戶大地震，地震規模為芮氏7.3。是1995年1月17日發生於日本關西地方的大規模地震災害，因受災範圍以兵庫縣的神戶市、淡路島、以及神戶至大阪間的都市為主而得名。阪神大地震在日本地震史上具有重要的意義，它直接引起了日本對於地震科學、都市建築防震、交通防震的重視。

一般認為谷崎的「地震恐懼症」與他遷居關西有關，其實並不盡然。移居關西的隔年大正十三年，谷崎以他與小姨子聖子的同居生活為題材，開始了〈痴人之愛〉的連載。自此以後，谷崎接連發表了許多名作與話題作。

谷崎初期的作品風格是「和洋折衷」。他初次遇到永井荷風是在「牧神之會」。全盛時期的「牧神之會」是以度過隅田川河口的「永代橋」朝深川方向走去的永代亭為會場。年輕的藝術家們將隅田川當作塞納河畔，在殘留日本情調的大川端喝著西洋的葡萄酒，喝得酩酊大醉之後，從永代橋的欄杆朝著隅田川尿尿。永代橋往北邊稍走一小段路，是深川佐賀町。也就是谷崎的出道作〈刺青〉中刺青師清吉居住的場所。

谷崎的本質其實就是融合「過去與現在」「日本與西洋」。

關東大地震之後，谷崎遷居至關西。卻仍無法否定他是「江戶之子」的事實。因此他努力地融合（折衷）了「關東與關西」「江戶與上方[36]」。融合兩個極端事物的嘗試，最適合長久以來關注「男女」雙方心理的谷崎潤一郎。然後，

36 江戶時代稱呼大坂、京都為中心的畿內的名稱。廣義的也指畿內為中心的近畿地方一帶。天皇居住的首都為「上」，指相對於政治中心的江戶，古來的經濟、文化中心地等先進地域的用語。上方到近世初期為止，是經濟、文化的中心地。文化東漸之後，洗練、先進的上方文化逐漸傳到關東，18世紀的明和期開始，江戶特有的文化逐漸開花，到化政期，江戶成為和上方並駕齊驅的文化發信地。

「東男」[37]谷崎和雖非出身京都但屬於「上方之女」典型的松子結婚（融合），獲得了一生的幸福。松子是他第三任，同時也是最後的妻子。

與芥川龍之介的論爭，確定長篇小說的魅力

昭和二年，以關西作為新據點的谷崎與震災後仍在東京活動的芥川龍之介，針對「小說的情節鋪陳」展開一場激烈的辯論。尤其芥川的攻擊相當猛烈，因此引起了世人的注目。堆疊自己人生的片段結晶，以此描寫內心風景的短篇作家芥川龍之介，對於谷崎潤一郎虛擬的「故事情節」是否為真正的藝術，提出了質疑。芥川主張「過度鋪陳情節不好」，谷崎卻認為「有情節鋪陳的故事才是文學的根本」，絲毫不肯讓步。

這場論爭讓谷崎意識到「長篇小說的架構」。之後，他的長篇小說創作數量增加，無論哪一部作品都是名作。過去的創作瓶頸（嘗試與錯誤）展現了令人難

37 在平安時代，京都（畿內）貴族將關東稱之為「東」。一般來說，東國指的就是關東。出身東京的谷崎潤一郎，就是上方人眼中的「東男」。

以置信的豐富生產力，與在這一年自殺滅亡的芥川龍之介完全相反。這場論爭，無預期地成為芥川對谷崎「你就以你的方式好好努力吧」的遺言。

谷崎的長篇小說並非強調起承轉合或貴種流離譚[38]這類的「故事性」，而是由吸引讀者目光、充滿魅力的無數個「場景＝畫面」拼接而成，是以獨特的方式織就而成的長篇小說。

谷崎與芥川是《新思潮》的前輩與後輩（谷崎是第二次，芥川是第三、四次），谷崎也曾出席芥川的〈羅生門〉出版紀念會。巧合的是，昭和二年三月芥川因為演講造訪大阪時滯留的某間茶屋，谷崎就是在此邂逅了大阪船場富商根津氏的妻子松子夫人，從此陷入了命中注定的愛情。

建築豪宅，卻總是住不久

芥川自殺後的隔年昭和三年，谷崎興建了一棟豪宅。大正十五年（昭和元

38 故事類型的一種，為民俗學家折口信夫的用語之一。常見於神話英雄的苦難與冒險故事。具有高貴血統、原應屬高貴身分的主角遭育不幸境遇，在逆境中展開冒險、發揮正義。

年），當時的一流出版社改造社推出了「一冊一圓」均一價的《現代日本文學全集》系列，成為了當時的暢銷書。作品收錄於這個系列的作家全都領到了高額的版稅，谷崎突然獲得了大筆金錢，於是建造了實現自己心目中設計的大豪宅。但是，這樣的大筆收入終究只是暫時的事。由於沒有足夠的錢維持這棟豪宅，最後只得轉手賣人。

不過，建築這棟豪宅的那一年，谷崎開始了〈卍〉與〈食蓼蟲〉的連載。以關西腔的女子口吻描寫複雜的三角關係、四角關係是谷崎的全新冒險。〈食蓼蟲〉的主題是允許妻子在外另有情人，卻無法認同兩人再婚的丈夫的心理。這樣的故事正好與將妻子千代讓給佐藤春夫，想跟自己理想的「藝術女神」再婚的谷崎的實際人生重疊。

終於與藝術女神結合

從這個時候開始，谷崎的人際關係漸趨複雜。為了方便說明，以年表說明最為適當。

昭和二年三月　谷崎與根津松子相識。松子是富商之妻，也有孩子。

（另有其他說法兩人的第一次邂逅是大正十五年十二月，也有一說是昭和三年）

昭和五年八月　谷崎與千代離婚。千代與佐藤春夫再婚。

昭和六年四月　谷崎與文藝春秋的女編輯．古川丁未子結婚。

十二月　谷崎遷居至根津家的別墅附近。松子住在僅一牆之隔的隔壁。

昭和八年五月　谷崎與丁未子分居。

昭和九年三月　谷崎與根津松子同居。

四月　松子離婚，恢復舊姓森田，成為森田松子。

昭和十年一月　谷崎提出與丁未子的離婚申請。旋即與森田松子結婚。

這段期間，谷崎將松子視為女神般仰慕，從她身上獲得藝術創作的靈感，接二連三量產許多名作。昭和六年〈盲目物語〉中的女主角「阿市夫人」（織田信長之妹）、昭和七年的〈蘆割〉、昭和八年〈春琴抄〉中的春琴，全都是源自松子這位崇高「女神」的靈感，再由「女神忠實的僕人」谷崎筆記下來的作品。昭和十年開始，谷崎開始著手《源氏物語》的白話文翻譯。因為自己對富商之妻松子的憧憬，谷崎可以理解光源氏對皇后藤壺的愛慕之情。沒有比無法成就的戀愛更令人揪心的戀情。與松子結婚，讓他實際感受到讓理想情人紫之上成為妻子的光源氏內心的喜悅。谷崎讓《源氏物語》的世界成為自己的現實，所以才會如此盡心地從事《源氏物語》的翻譯。

另一方面，因為谷崎身為藝術家的幸福而犧牲的人，是名叫丁未子的女性。谷崎雖然崇拜「松子」這個女神，但因為松子是他無法觸及、高高在上的對象，不得已他只好以「丁未子」這個替身取代。但是，谷崎顯然比光源氏還要幸運多了。雖然之後的發展對丁未子而言是不幸。根津家因為家道衰弱，原本已經放棄的松子重獲自由之身。谷崎終於可以跟「藤壺」皇后般的松子結為連理。這樣的好運簡直就跟做夢一樣。結果，「替身」丁未子就被拋棄了。

前述的年表既誠實，也很殘酷。谷崎與丁未子再婚，趁著蜜月旅行（因為無法維持豪宅，被債主追債的他，只好先到外地避風頭），兩人隱居在高野山創作〈盲目物語〉時，佔據谷崎內心的並非新婚妻子丁未子，而是他最憧憬的人妻松子。丁未子雖然是美貌的職業婦女，卻沒有松子那樣天生的「氣質」。

請大家回想這篇文章開頭介紹的兩封情書。內容雖大同小異，細讀卻能發現其中的差異。比起信件A（給丁未子），信件B（給松子）的用字遣詞有禮貌好幾倍。谷崎對丁未子說「我想引出妳身上的藝術靈感」，這段話還帶有「我以老師的身分指導妳」的口吻。對於松子卻是男僕匍伏在女主人面前那般誠惶誠恐。谷崎是自願這麼做的。而讓他自願這麼做的女神終於成為自己的「妻子」。

倒楣的是千代與丁未子這兩個「前妻」。谷崎跟他弟弟精二（早稻田大學教授）絕交，收養最小的弟弟為養子不久後又斷絕關係。雖然身為長男，對有血緣關係的弟妹們也算不上誠實以對。就連最愛的松子夫人，當她懷了谷崎的孩子時也被迫拿掉小孩。因為唯一而絕對的「女神」不可以有小孩。谷崎藝術這朵盛開的花朵，是由許多人的痛苦與破滅「施肥」而成。其實谷崎自己才是最具虐待性的獨裁者，是〈刺青〉中的妖婦。他趴在女神面前扮演「愚者」的角色，卻從女神的立場享受蔑視男子的勝利感。在「男僕與女神」的組合中，谷崎可以站在任一視點。谷崎與松子就是擁有兩張臉孔的傑納斯（Janus）[39]，可說是一心同體。

〈細雪〉是前衛小說

谷崎不僅超越了道德標準，甚至也超越了時代。所以，他一點也不想成為敏感捕捉「時代風向」，加以迎合的「時代寵兒」。他想獲得的是，無論哪個時代

39 希臘羅馬神話中負責守護天國之門的門神、雙面神。

都能綻放妖豔光輝的「美」。所以，即使面臨戰事緊張的中日戰爭，他仍於昭和十年挑戰了千年前的《源氏物語》白話文翻譯（〈潤一郎譯源氏物語〉）。對松子的愛讓谷崎勇於挑戰「千年的時空＝藝術的永遠性」。

但是，以關西為據點，從「千年的時空」放眼日本文化的谷崎的視線，對當時的權力者而言相當危險。現在的「權力」若以千年的時間來看，根本就像紙糊的老虎一般脆弱。

《源氏物語》的白話文翻譯被迫自發性地刪除部分，出版社也只能自認倒楣。天皇（桐壺帝）的兒子（光源氏）與倫理上的母親皇后（藤壺）犯下了過錯。光是這樣，就是玷汙了「大日本帝國由萬世一系的天皇統治之」天皇制的神聖的內容。而且，這場過錯的結果，罪惡之子竟然誕生，那個孩子還即位成了天皇（冷泉帝），這樣的內容無疑是褻瀆了天皇制。這是軍部短視的想法。

《源氏物語》中不斷描寫違背倫理的通姦與三角關係等「戀愛的過錯」。卻經常被視為是「日本文化的最高精華」，成為藝術家的目標。谷崎文學也是一直追求「被魔性之女玩弄的男性」這樣「扭曲的愛」。雖說如此，他還是確立了超越時代的「美學」。乍看之下雖然「不道德」，深讀之下就可以發現「人心的真實」，然後對作品中的時代價值觀一笑置之。這正是「前衛小說」。

昭和十七年到昭和十九年，谷崎的年齡為五十六歲到五十八歲。這是即將面對還曆之年的全盛時期。在這三年間，他寫出了將《源氏物語》的形式成功移植到近代小說的〈細雪〉。卻因為「不合時局」的理由，無法被認同出版。正式的出版是在戰後，〈細雪〉的下卷刊行是在昭和二十三年。這部作品正是谷崎的代表傑作。

〈細雪〉中出現的四姊妹，再加上次女的女兒在內的五個女人，就像是「五個女神」。婚後遷居東京的長女（鶴子），與婚後仍留在關西的次女（幸子）、適合穿和服貞靜嫻淑的三女（雪子）、有話就說、想到就做、適合洋服的四女（妙子）。除了「成人女性的型錄」四姊妹，還有「少女＝女孩」的樣本，也就是次女的女兒（悅子）。

春天賞櫻、夏天觀螢、秋天賞月。雖然沒有描寫冬天的「賞雪」，這部分則由三女的名字「雪子」或作品標題「細雪」代表。這部分與《源氏物語》最風雅的各卷名稱（「初音」「胡蝶」的春、「螢」「常夏」「篝火」的夏、「野分」的秋、「行幸」的冬）對應。〈細雪〉中卷的高潮片段，即襲擊蘆屋地區的大水，應該就是意識到了「野分」卷的颱風或「須磨·明石」卷中的暴風雨。

〈細雪〉的角色是以松子夫人的親族女性為原型。四姊妹中的二女·幸子的模特兒是松子夫人。賞花與觀螢雖是實際體驗，但這並非「私小說」的形式，以王朝物語的形式交織而成的長篇大作，正需要谷崎的真功夫。

〈細雪〉與《源氏物語》最大的不同，就是消除了統整女人們的「男主角」。《源氏物語》原著中女性們的喜怒哀樂全都由光源氏這個角色吸收。女人們的想法與感覺，結晶成了光源氏感受到的「物哀之美」，女人們處於被男人鑑賞的那一方。而在谷崎的〈細雪〉中，次女的丈夫「貞之助」雖扮演了形式上的光源氏角色，卻顯得疲弱無力。所以，每一個女性的角色都能獲得解放。操著流利關西腔的女性們，完全不曾屈居男人之下。特別是四女妙子波濤洶湧的前半生，簡直就是《源氏物語》最後的女主角浮舟轉世」。

總是跳脫姊姊與姊夫的想法，遭到命運無情翻弄的妙子。如果谷崎能夠接著續寫「妙子」的未來，說不定可以超越《源氏物語》，下卷的「完結」令人覺得惋惜。虛擬的蒔岡家，在下卷之後，將接連遭遇空襲、敗戰、戰後的大混亂、價值觀的改變、新的波亂等等。其中，與華族（子爵）之子結婚的雪子，以及接二連三更換交往對象的妙子，又該如何生存下去呢？谷崎開創了「溶入王朝物語的近代小說」的全新領域。若他能再更進一步，超越「古典」與「近代」的新現代文學形式也許就會誕生了。不知是否有文學家能夠續寫〈續細雪〉或〈新細雪〉呢？這樣應該就可以繼承谷崎的「前衛精神」。

在京都優雅的每一天

谷崎在戰爭時期疏散到熱海及岡山縣津山市，戰後昭和二十一年在京都的南禪寺附近落腳，居所取名為「潺湲亭」。「潺湲」指的是水汩汩流出的樣子。昭和二十四年雖然遷居到下鴨，仍舊取名為「潺湲亭」。直到昭和三十一年為止，谷崎一直居住在「後潺湲亭」。

我的草庵　離賞櫻名勝五六百公尺　賞楓名勝兩百公尺　觀月賞花乃何等樂事

這首歌自誇自讚的就是「前潺湲亭」。

谷崎的生活正如他晚年的作品〈台所太平記〉那樣，雇用了許多美麗的女幫傭。像松子那樣的上流夫人並自己不打掃洗衣，而谷崎也喜歡接觸年輕的女孩子，打從跟「築地精養軒」女傭的那場初戀以來，一直都是如此。從「阿市夫人」（〈盲目物語〉）那樣的女神，到「娜歐蜜」（〈痴人之愛〉）那樣鄙俗的妖婦，谷崎「好色」的對象相當廣泛。

《源氏物語》中有一段有名的女性評價「雨夜的品評」。將女性分為「上品」（上流）、「中品」（中流）、「下品」（下流）三個類型，「中品」經常可以挖掘到令人驚喜的寶石。對谷崎而言，「上品」是松子夫人，「下品」是娜歐蜜或女僕。谷崎為何會如此冷酷地捨棄最初的妻子千代和第二任妻子丁未子，也許就是因為她們是家庭化且有良識的「中品」女子吧。谷崎的女性觀和《源氏物語》的差距甚大。

谷崎很清楚自己的「異樣藝術」無法來自平凡的家庭生活。若非難以企及的高嶺之花，或是非比尋常的魔性之女，他就無法湧現藝術的靈感。

「後潺湲亭」是搬家四十多次以上的谷崎最喜歡的居所。他從松子夫人這座靈感之泉得到源源不絕的創作靈感，從年輕的女幫傭獲得野性的蓬勃生氣。雖說六百坪的「後潺湲亭」遠遠不及光源氏高達兩萬坪的大豪宅「六條院」。但光源氏無法跟最愛的人，即「上品」之最藤壺皇后結婚。谷崎在「後潺湲亭」的生活，遠比光源氏幸福好幾倍。

杜鵑鳥　在潺湲亭啼叫時分　源氏翻譯的十卷即將完成

昭和二十九年，他在「後潺湲亭」完成了〈潤一郎新譯源氏物語〉十二卷中的十卷。（第十一卷和第十二卷是家系圖、年表、故事梗概等的別卷）。這是戰時《源氏物語》翻譯的重新修訂。谷崎將這樣的滿足感寄託在前述「杜鵑＝時鳥」這首歌。之後，昭和三十九年「谷崎源氏」的決定版（現代假名）〈谷崎潤一郎新新譯源氏物語〉出版。三次挑戰白話文翻譯，確立了谷崎潤一郎《源氏物語》譯者的名聲。

川端康成於昭和三十六年執筆創作〈古都〉時，在京都開了一間工作室。房子位於下鴨，緊鄰「後潺湲亭」。谷崎雖然已經搬離那裡，不知川端是抱著怎樣的心情看著僅有一牆之隔的「後潺湲亭」呢？

谷崎住在京都「後潺湲亭」的同一時期，於昭和二十五年在熱海購買了別墅「前雪後庵」，昭和二十九年建造了「後雪後庵」。離開京都之後，他住在熱海，昭和三十九年在湯河原建了「湘碧山房」，這裡成了谷崎「最後的居所」。因為年老衰弱的身體無法抵抗京都夏天的溼度與冬天的嚴寒，所以他才想在可以避寒避暑的地區度過晚年吧。

右手疼痛，因此依賴口述筆記

戰後不久的昭和二十三年左右，谷崎開始受高血壓所苦。這是現在的「成人病」，當初卻是「老人病」。昭和二十七年，一直以來像人體機關車一樣衝刺持續創作活動的谷崎，因為身體狀況不佳需要靜養。昭和三十三年，高血壓發作導致右手無法隨心所欲動作，自那之後他的創作改用口述筆記的方式進行。

明治文豪森鷗外因為擔任陸軍軍醫總監的忙碌職位，創作活動只能在夜間進行。之後，他雇用了鈴木春浦為速記者，採用口述的方式繼續創作活動。谷崎因為生病，所以只能依賴口述筆記。鷗外的小說內容堂堂正正，無論是敘述的那一方或是筆記的那一方，並不會有太大的遲疑，而且他們都是男人。但是，谷崎的創作世界卻與「性」這個微妙的領域息息相關。而且描寫的都是「被虐狂」與「戀足癖」這樣異常的性欲世界。三角關係．四角關係更不用說。將這樣的異常世界以口述的方式，讓「才媛速記者」寫下的老年小說家，到底是怎樣的心情呢？

一開始他應該希望盡可能一個人沉浸在作品的世界裡。眼前的速記者一定讓他覺得很礙眼。但是，自從他獲得了出身京都的伊吹和子這名理想的速記者，不可思議的「分工合作」變得可行。伊吹是〈潤一郎新譯源氏物語〉以來的協助者。若說松子夫人體現了「上方女性」的「情」，伊吹則體現了「上方女性」的「知」。〈夢的浮橋〉與〈瘋癲老人的日記〉等名作，就是這樣誕生的。

法國印象派畫家雷諾瓦晚年即使右手無法隨心所欲地動，還是持續地描繪豐滿的女體之美。這一點跟谷崎的晚年有不可思議的相似之處。

創造老人文學的領域

即使與病魔奮戰，自覺身體的老化，谷崎仍然持續追求性的世界。〈鍵〉是倚靠口述筆記之前的昭和三十一年，谷崎七十歲時的作品。谷崎生動地描繪出不顧死亡危險，深陷與四十五歲妻子的閨房之事的五十六歲男人。

昭和三十五年，這年對谷崎而言是不幸的一年。首先，谷崎因為狹心症住院。之後，友人們接二連三去世。一高以來的友人，《新思潮》的同仁夥伴倫理學者和辻哲郎。小學的同級同學，知名中華料理店「偕樂園」經營者的兒子，經營化學工業公司的笹沼源之助。笹沼與谷崎雖然同年，卻經常資助貧苦學生谷崎潤一郎的學費。算是於他有恩的青梅竹馬。在校成績經常是谷崎第一，笹沼第二。谷崎以〈刺青〉一作意氣風發於文壇出道的雜誌《新思潮》（第二次），當時便是尊築地小劇場的小山內薰為盟主，而小山內薰在円地文子[40]與山本安英[41]（戲劇《夕鶴》的知名演員）眼前心臟病發猝死的場所，正是笹沼家所經營的「偕樂園」。世界還真是小，人與人之間的關係其實互相連結。

另外，青年時代「牧神之會」的夥伴，同屬耽美主義的「享樂派」歌人，曾引發世人議論的吉井勇也在這一年去世。吉井因為家庭的醜聞，隱居在高知縣的深山裡。作風也突然改變成較嚴肅的人生論風格。另一方面，谷崎則是生涯都飢渴地追求「快樂」。

谷崎遭遇親朋好友接連離世，自己也大病一場，卻仍持續寫作。長久以來的好友一個個死去，與他們一起度過的「自己人生的時間」也喪失了。感覺心中被挖開了一個大洞那般空虛。「接下來要輪到自己了嗎？」他對死亡的恐懼與日俱增。但是，佛洛伊德所說的「自我毀滅本能＝對死的本能」在谷崎身上並不存在，不同於年輕自殺的芥川龍之介或年老自殺的川端康成，谷崎努力活到生命的最後一刻。「對生的肯定」正是谷崎的人生觀。

40 1905~1986年。日本小說家。

41 1906~1993年。日本女演員。

「對生的肯定」其實就是「對性的肯定」。昭和三十六年，谷崎開始〈瘋癲老人日記〉的連載。直到最後一刻，谷崎一直凝視著老人的異常性慾，發散他那驚人的創作欲望。現代被稱為「長壽社會」，老人的「性」問題也受到了關注。在谷崎的最晚年，其實已經預告了「高齡化社會」的到來。

在女神的照護下離開人世

谷崎在昭和四十年七月三十日離開人世。享年七十九歲。與松子夫人結縭三十年。四十九歲那一年，他奉松子夫人為女神成為藝術之鬼。五十歲到八十歲的人生，谷崎藉由女神的力量「回春」。松子比谷崎年輕十七歲。另有一個說法是，晚年的谷崎以媳婦千萬子（松子與前夫兒子的妻子）作為創作的泉源。但是，最接近谷崎心中持續給予他創作靈感的女神，還是松子一人。

谷崎的青春充滿了「惡魔主義」「耽美主義」等妖豔毒辣的色彩。

五十、六十多歲時，三次發行《源氏物語》的白話文翻譯，書寫〈細雪〉與〈少將滋幹之母〉的時期，無疑是豐饒收穫的「人生之秋」，是史無前例的輝煌年代。而後，創作〈鍵〉〈瘋癲老人日記〉的七十多歲則是「人生的冬天」，擔任裝幀的棟方志功精準地呈現了這兩部作品的顏色。

以「我要成為梵谷」這句話而聞名的棟方，描繪了讓人聯想到土偶般豐滿肉體的女性。就像「大地之母」那樣。即使失去的性的機能，但就像幼兒與性無緣那般。人生可重新開始，重新再來過。

谷崎潤一郎的墓位於京都的法然院。墓石有兩塊，中間種著垂枝櫻花。石頭上各自題著「寂」與「空」的漢字。「寂」字石碑下，谷崎與松子夫人長眠其中。「空」字則是松子夫人的妹妹渡邊重子夫妻的墓。重子是〈細雪〉中三女雪子的原型人物。因為重子的丈夫渡邊明是津山藩主的三男，谷崎曾經疏散到岡山縣的津山。永井荷風在終戰日當天，也曾來到岡山訪問谷崎。

谷崎的部分遺骨，葬於東京豐島區染井慈眼寺的雙親墓旁。在慈眼寺內，還有他的生平勁敵芥川龍之介之墓。谷崎潤一郎的戒名是安樂壽院功譽文林德潤居士。非常適合終生追求「安樂＝快樂」的耽美派作家谷崎。寫下無數傑作、名作、話題之作，其著作集可以稱之為「文林」（即文字之林）。此外，正如他的本名「潤一郎」，他所留下的小說迸發的「生命之水」滋潤了讀者們的心。

有名水就有樹林。不僅如此，古代中國傳說中這片樹林中還會埋藏「玉＝寶石」。谷崎文學的根本，就是猶如寶玉般的「藝術女神」，即松子夫人。她正是谷崎在這個世界最重要的「寶玉」。松子夫人在谷崎死後二十六年的平成三年，進入了同一個墓穴。不知谷崎是多麼盼望這一天的到來呢。

位於京都法然院內的谷崎潤一郎與松子夫人之墓。

谷崎潤一郎的部分遺骨葬於東京慈眼寺。知
名文學家芥川龍之介的墓也在此。

谷崎的著作和相關文獻

《刺青·祕密》　新潮文庫
《近代情痴集》　潤一郎迷宮〈Ⅳ〉中公文庫
〈痴人之愛〉　新潮文庫
〈食蓼蟲〉　新潮文庫
〈卍〉　新潮文庫
《吉野葛·盲目物語》　新潮文庫
《亂菊物語》　中公文庫
《盲目物語》　中公文庫
《青春物語》　日本圖書中心
《幼少時代》　岩波文庫
〈春琴抄〉　新潮文庫／教育出版
《陰翳禮讚》　中公文庫
《陰翳禮讚·東京回憶》　中央經典
《文章讀本》　中公文庫
〈貓與庄造與兩個女人〉　新潮文庫
《潤一郎譯源氏物語》　中公文庫（全五卷）
〈細雪〉　新潮文庫（上·中·下卷）／中央文庫
《少將滋幹之母》　新潮文庫
《鍵·瘋癲老人日記》　中公文庫
〈鍵〉　中公文庫
〈瘋癲老人日記〉　中公文庫S
《台所太平記》　中公文庫
《歌歌板畫卷》　中公文庫

*

《谷崎潤一郎全集》　（全二十八卷）中央公論社發行，現已絕版。

217　谷崎的著作和相關文獻。

谷崎潤一郎年表

年份	年齡	階段	居住地	主要著作	大事記
明治19年（1886）					七月二十四日，出生於東京市日本橋區蠣殼町二丁目十四番地（今東京都中央區日本橋人形町一丁目七番地）。倉五郎與阿關的次子，由於長子早產夭折，潤一郎成了戶籍上的長男。老家是稻米行情表的印刷廠，這個時期的谷崎家家境堪稱富裕。
明治25年（1892）	6歲	小學	東京市日本橋		九月，提早一年入學，進入日本橋區坂本町的阪本小學。
明治34年（1901）	15歲				三月，阪本小學全科畢業。因為家境不好原本打算不繼續升學，後受到周遭親友的資助，四月，進入東京府立第一中學（今日比谷高校）。
明治35年（1902）	16歲	中學			六月，父親的事業遭遇連續失敗，在教師的斡旋下，住進築地精養軒的經營者北村家，擔任住宿家庭教師。
明治38年（1905）	19歲		築地		三月，府立第一中學畢業。九月，進入第一高等學校英法科。
明治40年（1909）	21歲	高校			六月，與北村家女僕戀愛、觸犯主人的禁忌。九月，離開北村家，搬進一高的朵寮住宿。
明治41年（1908）	22歲		本鄉區・文京區		七月，第一高等學校英法科畢業。九月，進入東京帝國大學國文學科。
明治42年（1909）	23歲	大學			投稿《帝國文學》與《早稻田文學》均不被採用，因為過度失意與焦躁，罹患神經衰弱。讀了永井荷風的〈亞美利加物語〉，發現「自己在藝術上的血親」。

明治43年（1910）	24歲			〈刺青〉	九月，與小山內薰、和辻哲郎、大貫晶川等人創立第二次《新思潮》，之後被禁止發行。十一月，與永井荷風會面。
明治44年（1911）	25歲			〈祕密〉	七月，因為滯納學費遭到大學退學。十一月，永井荷風在《三田文學》發表〈谷崎潤一郎的作品〉，給予谷崎極高的評價。在《中央公論》發表〈祕密〉，確立了作家的身分。
明治45・大正元年（1912）	26歲	作家生涯前期（西洋崇拜）			四月，前往京都遊歷。神經衰弱再次發作。八月，徵兵檢查不合格。遊手好閒。
大正4年（1915）	29歲		本所區新小梅町		五月，與石川千代結婚。新居位於本所區新小梅町。
大正5年（1916）	30歲		小石川區原町		三月，長女鮎子出生。六月，遷居至小石川區原町。
大正6年（1917）	31歲				五月，母親阿關死去。六月，將妻兒託付給父親照顧。
大正7年（1918）	32歲		中國		十月上旬，一個人經過朝鮮到中國各地旅行，十二月底歸國。
大正8年（1919）	33歲		神奈川小田原		二月，父親倉五郎死亡。開始結識佐藤春夫。三月，再次搬到本鄉區。十二月，遷居至神奈川小田原。
大正12年（1923）	37歲		兵庫縣武庫郡		九月一日，在箱根遭遇關東大地震，同年底，全家搬至關西。十二月，搬遷至兵庫縣武庫郡六甲苦樂園。
大正13年（1924）	38歲			〈痴人之愛〉	三月，於〈大阪朝日新聞〉發表〈痴人之愛〉。遷居至武庫郡本山村北畑，開始在關西定居。十一月，在《女性》發表〈痴人之愛〉（續篇）。

作家生涯後期（古典回歸）

年份	年齡	居住地	作品	事蹟
大正15年 昭和元年（1926）	40歲	兵庫縣武庫郡		一月，經由長崎再度前往上海旅行，二月歸國。
昭和2年（1927）	41歲	兵庫縣武庫郡		二月，與芥川龍之介針對小說的情節鋪陳價值展開辯論。結識了大阪富商根津夫人松子。七月，芥川自殺，參加葬禮。
昭和3年（1928）	42歲	兵庫縣武庫郡	〈卍〉〈食蓼蟲〉	三月，於《改造》發表〈卍〉。十二月，在《東京日日新聞》與《大阪每日新聞》連載〈食蓼蟲〉。
昭和5年（1930）	44歲	兵庫縣武庫郡		八月，與千代離婚（戶籍上的離婚申請是隔年三月二十八日）。通知親友千代將與佐藤春夫結婚，信件上有三人的聯名。
昭和6年（1931）	45歲	兵庫縣武庫郡	〈吉野葛〉〈盲目物語〉	一月，在《中央公論》發表〈吉野葛〉。四月，與古川丁未子結婚。五月，在高野山從事密教研究、執筆創作。九月，於《中央公論》發表〈盲目物語〉。
昭和8年（1933）	47歲	兵庫縣武庫郡	〈陰翳禮讚〉	五月，和丁未子分居。十二月，在《經濟往來》發表〈陰翳禮讚〉。
昭和9年（1934）	48歲	兵庫縣武庫郡		三月，與根津松子同居。四月，松子將夫姓根津改回原本姓氏森田。
昭和10年（1935）	49歲	兵庫縣武庫郡		一月二十一日，與丁未子協議離婚。一月二十八日，與森田松子結婚（五月三日提出結婚申請）。九月，開始著手《源氏物語》的白話文翻譯。
昭和11年（1936）	50歲	兵庫縣武庫郡	〈貓與庄造與兩個女人〉	一月，在《改造》發表〈貓與庄造與兩個女人〉。十一月，遷居至兵庫縣武庫郡住吉村反高林（即現今的「倚松庵」）。
昭和17年（1942）	56歲	熱海	〈細雪〉	四月，在熱海市西山購買別墅。這一年，因為開始創作〈細雪〉，滯留在熱海的時間增加。
昭和18年（1943）	57歲	熱海		在《中央公論》連載的〈細雪〉受到軍部的壓制，只聯載三次就被禁止刊登，私下仍持續進行〈細雪〉的創作。

年份	年齡	時期	居住地	作品	事蹟
昭和19年（1944）	58歲	作家生涯後期（古典回歸）			四月，因為戰爭疏散到熱海市。
昭和20年（1945）	59歲		岡山縣		五月，疏散到岡山縣津山市。十月，戰後首次回到東京。
昭和21年（1946）	60歲		京都		八月，〈細雪〉上卷於中央公論社發行（中卷是二十二年三月，下卷是二十三年十二月，皆是中央公論社發行）。十一月，遷居至京都市左京區南禪寺下河源町，新居取名為「潺湲亭」。
昭和24年（1949）	63歲			〈少將滋幹之母〉	一月，〈細雪〉獲得朝日文化賞。十一月，獲得第八屆文化勳章。十二月，在《每日新聞》發表〈少將滋幹之母〉。
昭和25年（1950）	64歲				二月，於熱海市仲田購買別墅，命名為「雪後庵」。
昭和27年（1952）	66歲				因高血壓惡化，靜養時間較長。
昭和31年（1956）	70歲			〈鍵〉	一月，於《中央公論》斷斷續續連載〈鍵〉。
昭和35年（1960）	74歲				十月，因為狹心症於東大上田內科住院接受治療。十二月，出院。
昭和36年（1961）	75歲			〈瘋癲老人日記〉	十一月，於《中央公論》連載〈瘋癲老人日記〉。
昭和40年（1965）	79歲				一月，住進東京醫科齒科大學附屬醫院。三月，出院。五月，最後一次前往京都。七月三十日，腎不全併發心不全，於湯河原的自家病逝。八月三日，在青山葬儀所舉辦葬禮。九月二十五日，埋葬於京都市左京區鹿之谷法然寺。戒名為安樂壽院功譽文林德潤居士。十一月六日，在百日的法會上將部分遺骨葬於東京都豐島區染井墓地慈眼寺的雙親墓旁。

一本讀懂——

文豪書齋
-003-

谷崎潤一郎

愛的魔術師喚醒你心中的危險妖獸！

作者　新潮文庫
譯者　江裕真

總編輯　張瑩瑩
副總編輯　蔡麗真

責任編輯　鄭淑慧
美術設計　洪素貞(suzan1009@gmail.com)
封面設計　廖韡
朗讀　許育惠
行銷企畫　林麗紅

社長　郭重興
發行人兼出版總監　曾大福
出版　野人文化股份有限公司
發行　遠足文化事業股份有限公司
地址：231新北市新店區民權路108-2號9樓
電話：（02）2218-1417　傳真：（02）2218-1142
電子信箱：service@bookrep.com.tw
網址：www.bookrep.com.tw
郵撥帳號：19504465　遠足文化事業股份有限公司
客服專線：0800-221-029
法律顧問　華洋法律事務所　蘇文生律師
印製　成陽印刷股份有限公司
初版　2016年2月

歡迎團體訂購，另有優惠，請洽業務部（02）22181417分機1124、1126

國家圖書館出版品預行編目資料

一本讀懂谷崎潤一郎：愛的魔術師喚醒你心中的危險妖獸！/ 新潮文庫編著；江裕真譯. -- 初版. -- 新北市：野人文化出版：遠足文化發行, 2016.2
面；　公分. -- (文豪書齋；3)
ISBN 978-986-384-101-2(平裝)

1.谷崎潤一郎 2.日本文學 3.文學評論

861.57　　104021850

一本讀懂谷崎潤一郎
愛的魔術師喚醒你心中的危險妖獸！

線上讀者回函專用 QR CODE，您的寶貴意見，將是我們進步的最大動力。

書號：0NGW0003
野人文化
讀者回函卡

書　名 ______________________________

姓　名 ______________________ □女 □男　年齡 ________

地　址 ______________________________

____

電　話 ______________________ 手機 ________________

Email ______________________________

□同意 □不同意　收到野人文化新書電子報

學　歷 □國中(含以下) □高中職 □大專 □研究所以上

職　業 □生產/製造 □金融/商業 □傳播/廣告 □軍警/公務員
□教育/文化 □旅遊/運輸 □醫療/保健 □仲介/服務
□學生 □自由/家管 □其他

◆你從何處知道此書？
□書店：名稱 ____________ □網路：名稱 ____________
□量販店：名稱 ____________ □其他 ________________

◆你以何種方式購買本書？
□誠品書店 □誠品網路書店 □金石堂書店 □金石堂網路書店
□博客來網路書店 □其他 ________________

◆你的閱讀習慣：
□親子教養 □文學 □翻譯小說 □日文小說 □華文小說 □藝術設計
□人文社科 □自然科學 □商業理財 □宗教哲學 □心理勵志
□休閒生活（旅遊、瘦身、美容、園藝等） □手工藝／DIY □飲食／食譜
□健康養生 □兩性 □圖文書／漫畫 □其他 ________

◆你對本書的評價：（請填代號，1. 非常滿意　2. 滿意　3. 尚可　4. 待改進）
書名 _____ 封面設計 _____ 版面編排 _____ 印刷 _____ 內容 _____
整體評價 _____

◆你對本書的建議：

____

____

____

____

野人文化部落格 http://yeren.pixnet.net/blog
野人文化粉絲專頁 http://www.facebook.com/yerenpublish

廣 告 回 函
板橋郵政管理局登記證
板 橋 廣 字 第 143 號

郵資已付 免貼郵票

野人

23141
新北市新店區民權路108-2號9樓
野人文化股份有限公司 收

請沿線撕下對折寄回

野人

書號：0NGW0003